HEYNE

Das Buch

Candida, vierundzwanzig Jahre, Tochter eines berühmten Sängers und einer erfolgreichen Managerin, befindet sich auf der falschen Lebensspur. Unter dem hohen Erwartungsdruck ihrer Eltern gelingt es ihr kaum, ein Gespür für ihr eigenes Leben zu entwickeln. Anstatt ihrem Traum zu folgen und Tierärztin zu werden, verdient sich Claudia ihr Geld mit kleinen Rollen beim Fernsehen. Dann das, was man die Chance ihres Lebens nennen könnte: Die Hauptrolle in einer TV-Serie, die ein überragender Erfolg wird und eine Werbekampagne für ein neues Parfum nach sich zieht – *Just You.* Candida, das Gesicht. Eine perfekte Folie. Jetzt gerät ihr Leben auf die Überholspur. Doch Candida zieht sich zurück in ihr kleines Reich, ihren unzugänglichen Turm. Nach vielen gescheiterten Männerbeziehungen lernt sie den Maler Chris kennen. Wird er der Prinz sein, der die Prinzessin – wie im Märchen – erlöst? *Die Orangenprinzessin* – ein märchenhafter Roman über den Lebenstraum, dessen Macht unwiderstehlich ist.

Die Autorin

Nathalie Weidenfeld wurde 1970 in Frankreich geboren und wuchs zweisprachig in Deutschland auf. Nach dem Abitur besuchte sie die Schauspielschule von Lee Strasberg in New York und arbeitete dann in Paris, Mailand, Sydney und New York als Model. 1993 kehrte sie nach Deutschland zurück und arbeitete zunächst bei Film und Fernsehen. 2000 schloß sie ein Studium der Literaturwissenschaft und Amerikanistik ab. Nathalie Weidenfeld arbeitet als freie Autorin und Lektorin. Sie ist seit Juli 2001 mit dem Kulturminister Julian Nida-Rümelin verheiratet.

Nathalie Weidenfeld

Die Orangenprinzessin

Roman

WILHELM HEYNE VERLAG
MÜNCHEN

HEYNE ALLGEMEINE REIHE
Band-Nr. 01/13615

Umwelthinweis
Dieses Buch wurde auf
chlor- und säurefreiem Papier gedruckt.

Taschenbucherstausgabe 09/2002

Der Marion von Schröder Verlag ist ein Unternehmen
der Econ Ullstein List Verlag GmbH & Co.KG
Wilhelm Heyne Verlag GmbH & Co.KG, München
Printed in Germany 2002
Umschlagillustration: Ruedi Hofmann
Umschlaggestaltung: Hauptmann und Kampa Werbeagentur, CH-Zug
Satz: KompetenzCenter, Düsseldorf
Druck und Bindung: Elsnerdruck, Berlin

ISBN: 3-453-21108-1

http.//www.heyne.de

Und wieder war ein Tag vergangen, ein weiterer Tag im Leben der Orangenprinzessin, den sie allein in ihrem Turm verbracht hatte. An manchen Tagen schien es ihr, als ob das Turmzimmer immer kleiner würde. Wer weiß, dachte sie sich, vielleicht habe ich ja auch recht. Es wäre immerhin nicht der erste Fluch, den die böse Hexe über sie verhängt hätte. Aber vielleicht war ja auch der Magier an allem schuld gewesen. Sie konnte sich nie genau entscheiden, wer von beiden es nun gewesen war, der den Schaden angerichtet hatte.

So saß sie also in ihrem Turmzimmer und schaute aus dem Fenster. Es war dunkel. Die Sterne funkelten als kalte Diamanten auf dem schwarzen Himmelssamt, und der Uhu, das verdammte Tier, schrie wieder einmal laut und höhnend durch den Wald.

Heute war es ruhig gewesen. Kein Rascheln, keine Rufe, niemand, der versucht hatte, sie aufzusuchen. Nur sie, das Zimmer und diese wunderbare Ruhe. Aber das blieb meist nicht lange so. Immer wieder versuchten irgendwelche Prinzen sie zu belästigen. Das Ende war immer dasselbe: Entweder sie fielen schon vorher von der Leiter, oder die Orangenprinzessin stieß die ungebetenen Besucher selbst hinunter, bevor sie in ihr Zimmer gelangen konnten.

Auch wenn sie manchmal sehr einsam war, war dies noch lange kein Grund dafür, irgendwelche dahergelaufene Prinzen hier hereinzulassen, oder?

Schuld an ihrem Unglück war, wie gesagt, natürlich nur die böse Hexe. Sie und dieser böse Magier, der aus einem fremden Land kam und aus irgendeinem Grund immer so eine komische Hornbrille trug. Aber irgendwann würde es die Orangenprinzessin ihnen schon zeigen. Irgendwann einmal würde sie es ihnen allen zeigen. Aber bis dahin war sie gefangen. Und es würde nichts geben, was das ändern könnte.

Prolog

Meine Ankunft in dieser Welt an einem ungewöhnlich warmen Tag im Februar muß wohl für alle, vielleicht meinen Vater ausgenommen, ein ziemlicher Überraschungsauftritt gewesen sein.

Meine Mutter ist heute noch stolz darauf, daß sie während ihrer gesamten Schwangerschaft niemals Schwangerschaftskleider tragen mußte. Ihre Silhouette hatte sich durch mich kaum verändert. Nach wie vor trug sie kurze Röcke und enganliegende Hosen – kein Mensch konnte ihr ansehen, daß ich mich in ihrem Bauch befand.

»Erst ab dem achten Monat«, so erzählte sie mir jedenfalls, »hattest du begonnen, ein wenig mehr Platz einzunehmen. Aber man mußte schon ganz genau hinsehen, um dich zu entdecken.«

Bis heute weiß ich nicht, ob ich so lange unbemerkt blieb, weil sie angestrengt Diät gehalten hatte, um selbst während ihrer Schwangerschaft noch in Cocktailkleider zu passen, oder nur weil sie einfach von Natur aus so zierlich gebaut ist.

Ich habe mir früher oft gedacht, daß es eigentlich

ganz schön gewesen wäre, wenn meine Mutter, so wie es sich für richtige Mütter gehört, stolz ihren dicken Bauch nach vorne gebläht hätte und mir damit eine Chance gegeben hätte, meine Ankunft deutlich anzukündigen.

Im Wohnzimmer meiner Eltern auf dem schwarzen Flügel steht ein Bild in einem Silberrahmen aus der Zeit ihrer Schwangerschaft. Auf dem Foto hat meine Mutter wunderschöne lange rotgefärbte Haare und trägt das weiße Kleid von Courrèges, in dem sie aussieht wie Audrey Hepburn. Sie hat zwar immer behauptet, daß sie meinetwegen das Rauchen aufgegeben habe, aber auf dem Foto kann man ganz deutlich eine Zigarette zwischen zwei schlanken Fingern erkennen.

Trotz ihrer Rauchgewohnheiten kam ich ganz gesund, wenn auch ziemlich untergewichtig auf die Welt. Das mit dem Gewicht habe ich aber dann spätestens in meiner Teenagerzeit nachgeholt. (Was mir meine Mutter im übrigen nie verzeihen sollte.)

Jedenfalls sitzt sie auf diesem Foto mit einem fremden Mann auf einer Couch und lächelt mit grünen Augen und viel Mascara in die Kamera. Jahrelang hatte ich befürchtet, daß ich in Wirklichkeit nicht die Tochter meines Vater war, sondern die des Mannes auf dem Foto dort mit der Glatze und dieser gräßlichen rotweißgestreiften Krawatte. Ich hütete diesen Verdacht, als wäre er eine Waffe, die ich vielleicht bei einer wichtigen Gelegenheit gegen meine Mutter verwenden könnte. Als ich dann eines Tages durch Zufall erfuhr, daß der Mann auf dem Foto in Wirklichkeit nur Onkel Rudolf aus dem Saarland war, war ich fast ein bißchen enttäuscht.

Als kleines Mädchen hatte ich mir manchmal heimlich gewünscht, so eine Mutter wie die von Meike Preisinger zu haben. Meike ging in meine Klasse, und ihre

Mutter sah aus wie Frau Holle. Zumindest habe ich mir Frau Holle immer wie Frau Preisinger vorgestellt: ein wenig rund, blond, mit blauen Augen und immer mit einem Lächeln auf den Lippen.

Nach der Schule bin ich gerne mit zu Meike gegangen, denn bei ihr gab es immer warmes Essen; Rinderbraten oder Hühnerfrikassee hatte ich am liebsten. Man aß zusammen an einem weiß gedeckten Tisch und wischte sich den Mund mit Spitzenservietten. Ich fand das toll. Wenn ich aus der Schule kam, holte ich mir oft nur einen Käsekuchen aus der Bäckerei bei uns um die Ecke (was zumindest immer noch besser schmeckte als die verwässerten Salate von unserer Haushälterin, Frau Sand). Meine Mutter kam meistens erst am Abend nach Hause. Nicht selten brachte sie mir dann ein neues Kleid mit.

»Tut mir leid, Schatz«, sagte sie dann, »ich hatte noch so viel zu erledigen. Aber du bist ja schon so ein großes Mädchen, es hat dir doch nichts ausgemacht, heute ein paar Stunden allein zu bleiben, oder?«

Wie auch immer – das erste, was meine Mutter gemacht hat, als ich am 14. Februar zum ersten Mal die Luft dieser Welt einatmete, war, sich eine Zigarette anzuzünden. Das zweite war, sich ein Taxi zu rufen, um sich zu einer Party fahren zu lassen. So will es jedenfalls die Geschichte, die sie und mein Vater immer ihren Gästen erzählen. Aber das will nichts heißen, weil meine Eltern beide sehr gerne Geschichten erzählen, die sich nicht immer hundertprozentig nach der Wahrheit richten. Und wie ich die beiden kenne, würden sie, fürchte ich, für eine gute Pointe und eine gelungene Dramaturgie fast alles opfern. Mein Vater ist von Beruf Sänger, und meine Mutter wollte eigentlich mal Schauspielerin werden. Jetzt ist sie Vaters »Managerin«. Und ich bin an ihrer Stelle Schauspielerin geworden, etwas anderes wäre für mich aus ihrer Sicht sowieso nicht in Frage gekommen. Ich erinnere mich noch deutlich an ihre Reaktion, als ich irgendwann während meiner Schulzeit den Wunsch geäußert hatte, Biologie zu studieren, um vielleicht einmal Tierärztin zu werden. »So etwas Gewöhnliches!« hatte meine Mutter gesagt und dabei ihr Gesicht verzogen, als hätte ich ihr vorgeschlagen, Müllfahrerin zu werden. Aber ich war in Biologie sowieso viel zu schlecht, als daß sie mich je in der Uni genommen hätten.

Soviel zu meiner Familiengeschichte. Was mein Liebesleben betrifft, habe ich in meinem Leben nur zwei Männer geliebt. Der erste war in der Schule eine Klasse über mir und hat während des ganzen Schuljahres, in dem ich ihn verehrt habe, nicht einmal meinen Namen gewußt. Der zweite hieß Paul. Er war Amerikaner und schaute sich gerne Dokumentarfilme über Migrationsvögel an. Mit ihm blieb ich zwei Jahre lang zusammen, bis er irgendwann versuchte, mich zu erwürgen.

Anstatt Tierärztin geworden zu sein, verdiene ich mir mein Geld mit billigen Krankenhausserien und Synchronarbeiten. Meine Mutter meint zwar immer, ich könne viel mehr aus meinem Leben machen, aber ich bin mir da nicht so sicher.

Ich bin vierundzwanzig.

Akt 1

1

Meine Eltern geben heute abend eine Party. Das bedeutet, daß wieder einmal eines der berühmten »Bühnenabschiedsfeste« meines Vater steigt, die er alle paar Jahre organisiert. Es wird viel Champagner getrunken, niemand spricht laut über den wahren Grund der Feier, und dann, kurz vor dem Dessert, nach ein paar dezent plazierten Tränen meiner Mutter, passiert es: Mein Vater hebt sein Glas, sichtlich gerührt, und beginnt eine Rede mit den Worten »Liebe Freunde«. Er redet um den heißen Brei herum und kündigt am Schluß an, daß er eigentlich seine Karriere beenden wolle, daß er es aber angesichts seiner Freunde und all der Liebe, die in diesem Raum ist, nicht übers Herz bringt, sich zur Ruhe zu setzen. Er wird weitersingen. Er schließt die Augen, und ein paar Sekunden lang herrscht Stille. Dann bricht der Applaus los.

»Sie haben wunderbare Eltern«, sagen mir die Leute dann immer.

»Ja, ich weiß«, sage ich und lächle. Natürlich würde ich ihnen am liebsten sagen, wie vorhersehbar das alles ist, aber ich fühle mich wie ein Zirkuskind, das die

Geheimnisse seiner Familie niemals preisgeben würde und immer mit seinem Zirkus ziehen muß, ob es will oder nicht.

Ich habe mein rotes Seidenkleid angezogen, das ich vor ein paar Jahren aus Thailand mitgebracht habe, weil ich weiß, daß es meiner Mutter so gefällt, dazu rosa Lidschatten von Yves Saint Laurent in diesen schönen goldenen viereckigen Dosen.

Make-up beruhigt.

Dann mache ich mich auf den Weg in ihre Wohnung.

Heute ist nicht irgendein Tag, mein Vater Harald feiert nämlich seinen fünfundsechzigsten Geburtstag. Er hat seine alten Freunde aus dem Musikgeschäft eingeladen, die seine Sängerkarriere seit über vierzig Jahren begleiten. Irgendwann mal in den Fünfzigern hatte er wohl so etwas wie einen Hit gelandet. Den Titel des Songs habe ich vergessen – oder besser gesagt: verdrängt. Er war so ähnlich wie »Caramba, Frau Zamba«. Meine Mutter – Lily – bestand hartnäckig darauf, daß es ein guter Song gewesen war. Harald war immer viel unterwegs, auf Konzerten und Galavorstellungen. An den Wochenenden kam er meist zurück, dann hob er mich hoch und wirbelte mich durch die Luft, oder wir spielten zusammen das Spiel der Orangenprinzessin.

In diesem Stück ging es um eine Prinzessin, die sich in einem Wald verirrt hatte, der der bösen Hexe gehörte. Die böse Hexe scheuchte die Orangenprinzessin durch ihren Wald in einen Turm hoch, wo sie schließlich darauf wartete, daß ein Prinz kam und sie rettete. Im Grunde war es die gleiche Story wie Dornröschen, nur daß der Prinz – anstatt sie am Schluß wachzuküssen – ihr eine Orange brachte, wovon sie augenblicklich wieder zum Leben erwachte. In der Rollenverteilung dieses

Stücks gab es keine Variationen. Ich spielte die Orangenprinzessin, mein Vater spielte den Prinzen, und meine Mutter war die Hexe – Doktor Freud hätte sich wahrscheinlich über diesen ödipalen Paradefall unheimlich gefreut. Ich liebte die Orangenprinzessin und piesackte meine Eltern jahrelang, das Stück mit mir zu spielen.

Eigentlich waren es nur zwei Szenen, die wir immer spielten. In der einen geht die Orangenprinzessin allein durch den dunklen Wald, die Äste greifen nach ihr, und die böse Hexe verfolgt sie. Dabei war wichtig, daß die böse Hexe furchterregend böse und laut lachen mußte, was meiner Mutter nie besonders gut gelang, ich nehme an, weil sie es mit der Zeit satt hatte, immer die böse Hexe zu spielen. »Lauter! Lauter!« schrie ich sie dann an, weil sie mir nicht böse genug lachte.

In der anderen Szene kam der Prinz auf mich zu, reichte mir die Orange, und ich wurde wach. Mein Vater schälte dabei die Orange so schön, daß sie aussah wie eine geöffnete Seerose.

Irgendwann weigerte sich meine Mutter jedoch, die böse Hexe zu spielen, und das Stück »Die Orangenprinzessin« mußte wegen Besetzungsproblemen abgesetzt werden.

Mein Vater ist ein wahnsinnig guter Entertainer. Er singt, erzählt Anekdoten und bringt die Leute zum Lachen. Zu Hause hat er eine ganze Bibliothek von Witzbüchern. Ich hingegen erzähle nie Witze, wahrscheinlich weil ich weiß, daß ich mich niemals mit ihm messen könnte. Einmal hätte ich beinahe mit meinem Vater ein Duett aufgenommen. Ich hatte den Text gelernt und jeden Morgen auf dem Schulweg heimlich geprobt, aber in letzter Minute haute es dann doch nicht hin. An den genauen Grund erinnere ich mich nicht mehr so genau, wahrscheinlich wollte mein Vater es dann lieber doch allein singen. Das Lied wurde ein ziemlich großer Erfolg, aber ich habe jedes Mal das Radio abgestellt, wenn es gespielt wurde.

Meine Eltern lieben es einfach, jedes persönliche Ereignis zu einem öffentlichen Event zu machen. Vom Hochzeitsjubiläum, dem Geburtstag der Hauskatze bis zur Menopause – alles wird bei ihnen gnadenlos zum Anlaß genommen, ein Fest zu veranstalten. Und natürlich hält mein Vater dann wieder eine Rede, bei der meine Mutter immer im geeigneten Moment eine Träne über eine Wange laufen läßt. Im Rampenlicht waren die beiden schon immer ein perfekt eingespieltes Team. Eigentlich sind sie bewundernswert. Ich meine, es ist nicht so, daß die beiden hinterhältige Lügner wären oder so. Sie lieben es einfach nur, sich selbst dramatisch in Szene zu setzen. Heute verstehe ich das natürlich, aber als ich jünger war, haßte ich diesen Zug an ihnen. Und vor allem haßte ich ihre Feste. Ich wäre viel lieber ins Bett gegangen, aber sie bestanden auf meiner Anwesenheit. Ich war ihr treuestes Publikum, ihr verläßlichster Zeuge.

Meine Mutter hat mal wieder ein indisches Büfett bestellt, und die Wohnung sieht prächtig herausgeputzt aus.

»Ach, da ist ja Gabriele. Ich dachte, ihr beiden seht euch nicht mehr, seitdem sie dich für die Tennisstunde versetzt hat?« frage ich meine Mutter.

»Ja, das stimmt. Aber wir haben uns letzte Woche bei Herrn Doktor Wohlrat getroffen, und so habe ich sie einfach für heute eingeladen.«

»Das hast du gut gemacht, Mama.«

Ich wandere durch die Wohnung, vorbei an den vielen Spiegeln, die überall hier aufgehängt sind. »Euer

Spiegelpalast«, sage ich immer zu meiner Mutter, um sie zu ärgern, aber sie nimmt es als Kompliment auf. Vor dem kalten, feuerlosen Kamin setze ich mich schließlich mit einem Glas Weißwein in der Hand. Hier hatte ich meine drei Rollen für die Aufnahmeprüfung für die Schauspielschule eingeübt. »Du mußt keine Angst haben, dich zu zeigen. Du mußt lauter sprechen, hörst du, viel lauter.« Mein Vater hatte mir dabei geholfen, die Rollen einzustudieren. »Wenn du es auf diese Schule schaffst, ist dir eine große Karriere sicher.«

Ich habe es nicht geschafft. Ich nehme an, es hat daran gelegen, daß ich aus Angst, nicht laut genug zu reden, meinen Text hinausgebrüllt hatte, denn ich kann mich erinnern, daß der Mann aus der Kommission sich irgendwann einmal die Ohren zugehalten hatte.

Meinem Vater habe ich noch gar nicht »Guten Abend« gesagt. Es sind ziemlich viele Leute hier, und sein Blick schwirrt durch die Menge, so wie es die Augen berühmter und wichtiger Menschen immer tun. Der Blick, der nie ruhen darf, weil es immer so aussehen muß, als wäre man auf der Suche nach dem anderen, dem viel Wichtigeren, das gleich um die Ecke darauf wartet, endlich entdeckt zu werden.

»Hallo, Paps«, sage ich, als er mich erspäht hat und auf mich zukommt. (Ich weiß, daß ich eine der wenigen Personen bin, bei denen sich sein Blick ausruht.) »Herzlichen Glückwunsch zum Geburtstag!«

»Hallo, meine mißratene Tochter.« (Aus irgendeinem Grund liebt er es, mich so zu nennen.)

»Viel los bei euch, wie?«

»Ja, kann mal wohl sagen. Wie läuft's mit der Arbeit? Ich habe dich letzte Woche in ›Kommissar Beck‹ gesehen.«

So ist das immer. Wenn mein Vater und ich miteinander sprechen, steht die Arbeit immer im Mittelpunkt.

Was er macht, was ich mache und was für die Zukunft geplant ist. An Privates und Persönliches wagen wir uns nicht heran.

»Wer hat denn da Regie geführt?« fragt er mich.

»Ich weiß nicht mehr. Irgend so 'n Typ«, sage ich, obwohl ich natürlich genau weiß, wie der Regisseur heißt.

»Ich werde vielleicht eine Kochsendung machen. Das Familienprogramm hat mir ein Angebot gemacht. Gerichte mit Geschichte. Leckere Speisen von einem Vier-Sterne-Koch und dazu historische Anekdoten von mir.«

»Wirklich? Erzähl mal!« gebe ich ihm sein Stichwort.

Jetzt muß ich nur noch zuhören, kann mich entspannen. Seine geübte Stimme übertönt wie immer alle anderen Stimmen in diesem Raum. Ich lehne mich zurück, und er erzählt von seinem letzten Galakonzert, seinem Vorhaben, eine Weihnachtsplatte zu produzieren, und von seinem Lifecycle-Trainingsfahrrad, das er sich gekauft hat, um jeden Morgen eine halbe Stunde zu radeln.

»Du bist ja nicht zu bremsen«, sage ich.

»Und was gibt's bei dir Neues?«

Die Frage, die ich befürchtet habe.

»Na ja, weißt du . . .«

»Ach, da seid ihr ja endlich!«

Meine Mutter platzt herein, erlöst mich. Sie hat ihre Lippen rot nachgezogen und ist ganz aufgedreht.

»Schatz, hat dir dein Vater erzählt, daß wir dich letzte Woche in ›Kommissar Beck‹ gesehen haben? Wir verstehen einfach nicht, warum du nicht öfter auf der Leinwand zu sehen bist. Vielleicht solltest du dir eine neue Agentin suchen. Ich meine, tut sie genug für dich? Es gibt so viele Schauspielerinnen in diesen dummen Fernsehserien, die nicht die Hälfte von dir draufhaben.

Ich verstehe das einfach nicht. Möchtest du nicht doch, daß ich mich um die ganze Sache kümmere?«

»Nein, Mama, nicht schon wieder. Du weißt doch, daß ich Ingrid habe.«

»Bitte, wie du meinst«, sagt sie und zuckt mit den Schultern. »Wir müssen jedenfalls jetzt zum Kuchenanschneiden. Kommst du?«

Sie packt meinen Vater am Arm und zieht ihn hinter sich zum Büfett, wo die vielen Kerzen leuchten.

Ingrid ist eine alte Freundin meines Vaters und seit Jahren meine Agentin. Sie ist etwa Mitte Fünfzig, hat blondgefärbte Haare und ist die einzige Frau, die ich kenne, der das Parfum *Poison* wirklich steht. Außerdem schafft sie es immer, daß die Polizisten ihre Strafzettel an sie wieder zurücknehmen. Sie fährt einen schwarzen Porsche, den sie über alles liebt und dem sie immer komische weibliche Vornamen gibt. Eigentlich vertritt sie nur berühmte Schauspieler. Schauspieler in großen Kinofilmen, Schauspieler mit großen Theaterrollen. Warum sie sich um mich kümmert, weiß ich nicht. Viel Geld bringe ich ihr mit meinen wenigen kleinen Auftritten im Fernsehen nicht ein, aber ich glaube, irgendwie mag sie mich. Ich verdiene mein Geld damit, daß ich meinen Körper und meine Stimme für ein paar Meter Zelluloid hergebe. Man sagt mir, wo ich zu stehen habe, gibt mir meinen Text, ich funkle ein bißchen mit meinen Augen und mache künstliche Atempausen. Eigentlich eine ziemlich bescheuerte Art, sein Geld zu verdienen. Allein für das Warten in der Garderobe in Gesellschaft der anderen Schauspieler sollte man entsprechend bezahlt werden. Dafür, daß man zum x-ten Mal hört, wie die Agenten einen immer nur reinlegen und wieviel besser die Drehbedingungen doch in Amerika sind und was Männer um die Dreißig wirklich wollen und der ganze Cosmo-Mist.

Ich schlendere an den Gästen vorbei, lächle unnahbar, wie mein Vater es mir beigebracht hat, und hole mir noch ein Glas Wein, weil ich mich in einer großen Menge von Leuten sicherer fühle, wenn ich etwas in der Hand halte. Dann, unten in der Bibliothek, lasse ich mich in den schwarzen Ledersessel fallen. Hier kann mich niemand sehen. Ich bin sicher vor Blicken, sicher vor den ewig gleichen Fragen.

Mein Blick schweift über die Bücherrücken, berührt den Teppich und streichelt das Klavier, das in der Ecke steht. All diese Dinge waren dabei, haben mit sanfter Gleichgültigkeit den Ereignissen beigewohnt, die hier in diesem Zimmer stattgefunden haben – ob sie wollten oder nicht.

So war es hier in diesem Raum zum Beispiel, wo ich meinen Eltern Paul vorgestellt hatte. Sie konnten ihn von Anfang an nicht ausstehen. Besonders für meine Mutter war es so etwas wie »Haß auf den ersten Blick« gewesen. »Es tut mir leid, dir das sagen zu müssen, Candida, aber dein Typ gefällt mir nicht. Er hat Augen wie eine Auster. Er macht mir angst. Das sind die Augen eines Kaltblüters, eines Mörders. Augen, aus denen Haß und Eifersucht sprechen.« Das war natürlich typisch für meine Mutter. Sie würde niemals einen Mann akzeptieren, außer es wäre jemand, den sie vorher persönlich durch ein spezielles Casting für mich engagiert hätte.

»Ich bitte dich, sei doch nicht so melodramatisch! Paul ist doch kein Bösewicht aus einem Filmscript! Außerdem hast du ihn bisher nur einmal in deinem Leben geschen.« Aus irgendeinem Grund hatte ich gespürt, wie eng Paul an mein Schicksal und an meine Seele gebunden war.

Er war dreizehn Jahre älter als ich, arbeitslos, Alkoholiker, depressiv, und ich fand ihn unwiderstehlich. Ich fühlte mich auserwählt, sein persönliches Unglück aufzufangen und all den Schmerz und die Ungerechtigkeiten, die die Welt ihm zugefügt hatte, wiedergutzumachen. Ich würde ihn glücklich machen – das sah ich als meine große Aufgabe an. Vielleicht würden manche Psychologen es als Helfersyndrom bezeichnen, und ich erinnere mich, daß meine Mutter mir einmal vorgeworfen hat, genau an diesem Komplex zu leiden. Das war, als ich in jenem Winter diesen halbverhungerten Igel bei mir aufgenommen hatte, um ihn sicher in den Frühling zu bringen. Ich nannte ihn »Hamlet«, und er stank fürchterlich. Einmal war Hamlet ausgebrochen und hatte die ganze Wohnung erkundet. Überall waren kleine schwarze runde Kugeln auf dem Boden zu sehen. Meine Mutter erlitt einen Nervenzusammenbruch, und ich mußte Hamlet in ein Tierheim bringen. Ich fühlte mich furchtbar. Weil ich versagt hatte, mußte Hamlet seinen Winter mit dreihundert anderen Igeln in irgend so einem blöden Tierheim verbringen. Ich weinte den ganzen Tag, und mein Vater erzählte mir daraufhin eine Geschichte über einen Igel, der sich zu den Menschen verlaufen hatte. Dort war er dann ganz einsam, bis er schließlich wieder zu all seinen Brüdern und Schwestern zurückfand. Als mein Vater mit der Geschichte fertig war, konnte ich wieder lächeln. Mein Gott, er konnte wirklich gut Geschichten erzählen.

Aber ich bin mir nicht sicher, ob es wirklich nur ein Helfersyndrom war, das mich an Paul band.

Ich lernte ihn an einem trügerisch schönen Frühlingstag kennen. Ich war für ein Wochenende nach Paris gefahren und hatte mich an die Seine gesetzt, um das Wasser und die Zeit an mir vorbeigleiten zu sehen. Ein Mann saß ein paar Meter von mir entfernt und hielt einen Fotoapparat in der Hand. Nach einer Weile kam er auf mich zu und fragte mich, ob er mich fotografieren dürfe.

»Warum?« fragte ich.

»Du siehst einfach so unglaublich rein aus. Es ist... dein Gesicht... es hat etwas so Unberührtes... Das findet man selten heutzutage, weißt du.«

Ich war neunzehn Jahre alt, in meinem Leben war noch nie etwas schiefgelaufen, und die Welt wartete nur darauf, daß ich sie mit offenem Herzen umarmte.

»Wirklich?« antwortete ich also dem Mann, der mir dieses schöne Kompliment gemacht hatte.

Ich wünsche, ich könnte die Zeit zurückdrehen und als Candida heute der Candida von damals gegenüberstehen. Spätestens jetzt hätte ich, die Candida von heute, der von damals eine geschmiert. Der Mann erzählte mir, daß er in Paris sei, um einen Dokumentarfilm über Clochards zu drehen. Leider fehlte ihm im Moment die nötige finanzielle Unterstützung. Irgendein Investor, der im letzten Augenblick abgesprungen war. Dann begann er mir seine Pennertheorie zu erläutern.

»Clochards sind Menschen, vor denen ich wirklich Respekt habe. Es braucht Mut, so zu leben, verstehst du. Jeder kann sich einen Job suchen, zwei Komma fünf Kinder bekommen, einen weißen Honda leasen und in ein Haus mit Pool, Alarmanlage und Sprinkleranlage ziehen. Aber bewußt ein Außenseiter zu werden und den ganzen Scheiß nicht mitzumachen, das ist schon was!«

Ich hatte andächtig gelauscht. Mit meiner Kindheit, aufgewachsen in der vierstöckigen Wohnung meiner Eltern, ihren vielen Partys und dem alljährlichen Urlaub auf Mauritius, kam ich mir auf einmal richtig schäbig vor. Er sah wütend und gleichzeitig auch müde aus, wie ein Krieger nach einem langen Kampf.

»Komm in meine Arme«, hätte ich ihm am liebsten gesagt, »du kannst dich jetzt ausruhen. Jetzt bin ich ja da.«

Wir gingen in ein Café und tranken eine Tasse heiße Schokolade. Die Rechnung bezahlte ich. Nach der heißen Schokolade schlenderten wir gemeinsam durch die Straßen. Die Luft war lau, und ein warmer Windhauch wehte durch die staubige Stadt. Vor einem Geschäft, das diese tollen Kaleidoskope verkaufte, blieb ich stehen.

»Die Bilder, die man sieht, kommen nie wieder. Sie sind einmalig. Man muß sich beeilen, denn sobald ein Muster erscheint, verschwindet es auch schon wieder, man kann es nicht festhalten«, sagte ich. Ich spürte einen stechenden Schmerz in meiner Brust, weil ich daran denken mußte, daß ich meinen schönen coolen Unbekannten nach diesem Nachmittag vielleicht nie wiedersehen würde. Ich hatte mich bei ihm eingehakt und heimlich versucht, hinter die dicken Brillengläser in seine Augen zu schauen. (Paul war ziemlich weitsichtig, und seine Augen sahen durch die Brille immer so aus, als wären sie hinter einem Glasaquarium.) Jedenfalls beschloß ich an jenem Nachmittag, diesen Unbekannten mit der Hornbrille und den großen dunkelbraunen Augen nicht wieder aus meinem Leben zu lassen. Ich weiß nicht, warum, aber ich war überzeugt, daß dieser Mann das wirkliche Leben mit all seinen Schattenseiten kannte. Alles, was er sagte, klang profund und sinnvoll, er war mein tragischer Held, mein Hamlet mit dunklen Haaren und einem Bart, so wie ich mir Hamlet immer vorgestellt hatte ... Wie gesagt, ich war gerade neunzehn Jahre alt.

Am nächsten Tag besuchte ich ihn. Er lebte in der Wohnung eines Freundes, der zur Zeit ausgeflogen war. Ich hatte mein apricotfarbenes Jil-Sander-Kostüm angezogen, das mir meine Mutter im Jahr zuvor gekauft hatte, meine Haare hatte ich hochgesteckt und meine Lippen mit einem dezent schimmernden Lip gloss bemalt. Die Sonne schien, und mein Herz klopfte.

»Komm rein«, hatte er gesagt. Er schien sich nicht einmal darüber zu wundern, daß ich einfach so bei ihm auftauchte.

»Tee?«

»Gerne.«

Er hatte eine Jeans und ein senffarbenes Hemd an und sah so aus, als hätte er die letzte Nacht kaum geschlafen.

»Störe ich?«

»Aber nein. Ich finde es schön, daß du hier bist.«

Er hatte mich auf den kleinen Balkon geführt, wo zwei Stühle in die Sonne schauten. Der Tee war ohne Zucker, aber es war mir egal. Wir sprachen über das Wetter, wir sprachen über Städte, und ich staunte, wo er schon überall gewesen war.

»Weißt du, das hört sich alles besser an, als es ist. Am liebsten würde ich auf einer einsamen Insel leben oder irgendwo auf dem Land. Ohne diesen Erfolgsdruck und den ganzen Mist.«

Dann erzählte er mir aus seinem Leben.

»Zunächst wollte ich Arzt werden, Chirurg, aber sie wollten mich nicht auf die Medical School lassen. Ich hatte die Qualifikationen, es war nur Politik.«

»Wieso das denn?« fragte ich.

»Don't ask«, meinte er nur, und ich konnte sehen, wie ein Schatten über seine Augen kam.

»Das tut mir leid«, hatte ich gesagt, und er hatte geantwortet: »Das braucht es nicht« und mich bei den Händen genommen.

Es wurde später und später, und er lud mich zum Essen ein.

»Ich habe dir gesagt, daß nichts Besonderes da ist!«

Ich schüttelte den Kopf, weil ich fand, daß die Spargelsuppe von Maggi die beste Suppe war, die ich je gegessen hatte. Er hätte mir genausogut eine tote Ratte kochen können, ich hätte sie köstlich gefunden. Auf einem kleinen Kassettenrekorder spielte er mir Lieder von Roy Orbison und Elvis Presley vor. Bei »You were always on my mind« ging er vor mir auf die Knie und sang laut mit. Ich konnte spüren, wie ich rot wurde. Als das Lied vorbei war, klatschte ich. Dann griff er nach meinen Händen.

»Ich bin nicht so ein guter Mensch, weißt du ...«

Er hatte ein paar Heineken getrunken, und ich wußte nicht, was er mit diesem Satz meinte. Aber es war mir auch egal, denn ich wollte nur, daß er mich küßte. Dann wagte er es endlich, und ich konnte es einfach nicht glauben, wie wunderbar ein Kuß sein kann. Das Schlafzimmer, in das wir gingen, hatte kein Fenster, und so starrte ich auf eine dunkle Wand, während ich mich fragte, was da mit mir passierte. Ich hatte ein wenig Angst, aber gleichzeitig fühlte ich mich so unglaublich erwachsen mit diesem Mann, der meine Brüste streichelte und mich bat, mich auszuziehen. In diesem Moment wußte ich genau, daß dies der Beginn eines neuen Lebens für mich war.

Roy Orbison sang die ganze Nacht hindurch, und am nächsten Morgen kannte ich seine Lieder auswendig.

In der Woche darauf kam Paul zu mir nach Deutschland. »Du kannst bei mir wohnen«, hatte ich ihm angeboten. Er hatte ja gesagt. Und so wurde Paul mein Freund. Wir lebten wie ein junges Ehepaar zusammen. Unter der Woche ging ich zum Arbeiten und mimte irgendwelche Sekretärinnen oder Krankenhausschwestern in TV-Serien, und an den Wochenenden kochten wir zusammen. Ich kann mich noch ganz genau an das erste Mal erinnern, als wir zusammen in einem Supermarkt einkaufen gegangen waren. Wir streiften durch die Reihen, und ich bemerkte zum ersten Mal, wie wunderschön Erbsen- oder Maisdosen sein konnten. Ich beobachtete, wie er durch die Gänge ging, sich über diverse Reissorten beugte und dann mit seinen dunklen Augen hinter seiner Brille zu mir hochblickte.

»Basmati ist der beste«, hatte er gesagt, und ich war einfach nur so verdammt glücklich gewesen. Während wir aßen, erzählte er mir Geschichten aus seiner Kindheit. Geschichten von den Sommerferien am See mit seinen Eltern, mit seinem Bruder, seiner Schwester.

»Als ich aufwuchs, war die Welt noch in Ordnung. Es gab keine Kriminalität, keine Verrückten. Das Leben war langsam, und man hatte die Familie. Meine Eltern haben sich nie scheiden lassen. Sie haben geheiratet, als sie zwanzig waren, und sind heute noch zusammen. Die Welt von heute ist einfach zu verrückt, Candy. Viel zu verrückt.«

Die Idee mit dem Dokumentarfilm über die Clochards von Paris hatte er aufgegeben. Jetzt wollte er seine Autobiographie schreiben. Den Titel hatte er schon, sie sollte »Memoiren eines Reisenden« oder so ähnlich heißen.

»Verstehst du, Candida, ich muß mich jetzt völlig auf das Buch konzentrieren.«

»Natürlich, Paul, natürlich.«

Also schrieb er an seinem Buch, und ich spielte meine Nebenrollen, um für uns Geld zu verdienen. Ich wollte ihn glücklich machen, er sollte alle Zeit der Welt haben, sein Werk zu vollenden. Es war ja genug, wenn einer von uns arbeiten ging. Ich fühlte mich verantwortlich für ihn. Meine Seele hatte die seine berührt, und nichts war mehr wie früher. Jedesmal wenn ich mit meiner

Mutter telefonierte, fragte sie mich mit spitzer Stimme, wie es dem »Opus« ginge.

»Hast du denn schon mal eine Zeile davon zu Gesicht bekommen?« fragte sie mich einmal.

»Nein«, antwortete ich. »Er möchte es mir erst am Schluß zeigen.«

»Ha!« rief sie triumphierend aus. »Weil es überhaupt kein Opus gibt, deshalb!«

Nach jedem Telefongespräch mit meiner Mutter konnte ich sehen, wie sich wieder die dunklen Schatten über seine Augen legten.

»Was ist denn los?«

Natürlich wußte ich, was los war, aber ich stellte trotzdem die Frage, weil es zum Ritual gehörte.

»Ich weiß genau, daß sie mich nicht ausstehen kann.«

Dummerweise hatte ich ihm erzählt, daß meine Mutter ihn »das Austernauge« nannte. Er war sehr sensibel. Ich mußte vorsichtig sein. Aber auch mit meinem Vater verstand er sich nicht gut. Als er zum ersten Mal erfuhr, wer mein Vater war, wurde er ganz aufgeregt. Er wollte ihn unbedingt kennenlernen, aber als es dann ein paar Monate später soweit war, schien er irgendwie enttäuscht zu sein. Vielleicht hatte er sich einen Sänger irgendwie bohemehafter vorgestellt.

»Ich dachte immer, er wäre viel größer«, hatte er gesagt.

Aber die Wahrheit war, daß sich mein Vater nicht für ihn interessiert hatte. Als Paul mit seiner Clochardtheorie angefangen hatte, hatte mein Vater ihm einfach das Wort abgeschnitten und ihm gesagt, daß Penner seiner Meinung nach keine Unterstützung vom Staat bekommen sollten. Paul äußerte sich immer abfällig über Berühmtheiten oder Leute, die viel Geld besaßen. Über die Partys meiner Eltern konnte er immer nur verächtlich schnauben. Daß er vielleicht ganz einfach nur eifersüchtig war, fiel mir erst viel später ein.

Ich hatte von Anfang an gespürt, daß über uns ein Damoklesschwert hing und wir eigentlich nicht dafür bestimmt waren, für immer zusammenzusein. Aber vielleicht war es gerade diese tragische Ausweglosigkeit, die mich reizte. Immerhin war ich, was dramatische und tragische Gefühle anbelangte, so etwas wie eine Spezialistin. Eigentlich war es sogar genau das gewesen, was mich ursprünglich zur Schauspielerei getrieben hatte. Schon als kleines Mädchen hatte ich es geliebt, aus einem kleinen Unglück ein poetisches Ereignis zu machen. Das Jahr, in dem mir zum ersten Mal das Herz gebrochen wurde, war auch das Jahr, in dem ich für die Schulaufführung eine Rolle übernommen hatte. Meinen ganzen Schmerz wollte ich in diese Rolle legen. Ich spielte zwar nur einen stummen Engel, aber das war mir egal. Ich spürte genau: Hier auf der Bühne kann ich etwas ausleben, was sonst für immer in mir eingesperrt bleiben würde. Ich holte mir meinen Schmerz immer wieder heraus, zelebrierte ihn, dachte mir Rituale für ihn aus. Dies war auch das berühmte Jahr gewesen, in dem ich abends heimlich begonnen hatte, in meinem Schlafzimmer »Macbeth« aufzuführen, und unser Haus beinahe abgebrannt war. Ich hatte irgendwann einmal bei einem Dinner meiner Eltern gehört, wie eine Schauspielerin meinem Vater sagte, Lady Macbeth sei die tragischste und schwierigste Rolle, die es für eine Schauspielerin gebe. Mehr brauchte es nicht, um meinen Ehrgeiz zu beflügeln. Ich holte mir in der Bibliothek meines Vaters eine Ausgabe des »Macbeth« und probte von da an jede Nacht heimlich in meinem Schlafzimmer.

»Fort, verdammter Fleck! Fort, sag ich! – Eins, zwei! Nun, dann ist es Zeit, es zu tun. – Die Hölle ist finster!

Aber wer hätte gedacht, daß der alte Mann noch so viel Blut in sich hätte?« flüsterte ich dann voller Inbrunst, während ich in meinem Zimmer auf und ab ging und mir dabei energisch die Hände rieb.

Ich verstand zwar nicht, wovon Shakespeares Heldin genau sprach, wenn sie von dem alten blutigen Mann redete, hatte ich doch außer dieser einen Passage nichts gelesen, aber schon allein der Spruch »Die Hölle ist finster« war für meine leicht entflammbare Phantasie genug. Ich zündete eine Kerze an und wickelte mir ein Bettlaken um. Warum ich mir ausgerechnet ein Bettlaken umwickelte, weiß ich nicht mehr, aber auf jeden Fall fing es dann eines Nachts Feuer. Ich schrie laut um Hilfe, meine Eltern stürzten voller Panik in mein Zimmer, und ich mußte ihnen erklären, was ich da angestellt hatte. Sie fanden es natürlich unheimlich komisch, und es dauerte nicht lange, und der Zwischenfall war zu einer Lieblingsanekdote meines Vaters geworden.

Die Vorliebe für tragische Rollen ist mir immer geblieben.

Als ich später in New York auf die Schauspielschule ging, konnte ich mich endlich austoben. Wochenlang übte ich mich darin, mit Hingabe unsichtbaren Kaffeedampf zu spüren, der langsam meine Nasenflügel entlang wanderte und seinen Duft in meine Nase verströmte, oder in einem prasselnden Regen die nassen Perlen auf meiner Haut zu fühlen, oder auch, wie es war, nackt in einem imaginären Urwald von tausend Moskitos gestochen zu werden. *Sensory memory* hieß diese Übung, und sie wurde vor jeder Unterrichtsstunde mindestens eine Stunde lang geübt.

»Sie müssen sich gehenlassen, Miss Candida. Halten Sie sich nicht an vagen Erinnerungen fest. Seien Sie immer ganz präsent, egal was Sie gerade machen.

Schöpfen Sie aus dem vollen. Es ist wie beim Sex. Je mehr Sie sich anstrengen, desto mehr kommt auch zurück. Sie dürfen nicht warten, daß Ihnen alles vom Himmel in den Schoß fällt. Sie müssen auch etwas dafür tun.«

Das »Es ist wie beim Sex« war einer der Lieblingssprüche Carlas, meiner Lieblingslehrerin. Sie war schon über Fünfzig und hatte mal in einem Woody-Allen-Film mitgespielt. Jede Stunde beklagte sie sich darüber, daß es für Frauen über Fünfundvierzig im Kino keine gescheiten Rollen mehr gebe.

»Mit deinem Lächeln kannst du bestimmt viel Geld machen«, schärfte sie mir immer ein. »Nutze es aus, denn irgendwann ist es vorbei.«

Bei meinem Abschied sagte sie mir noch: »Sei unabhängig. Egal, ob du diesen Beruf machen wirst oder nicht. Bleib immer unabhängig. Ihr jungen Frauen von heute habt ja keine Ahnung, wie viele Möglichkeiten ihr habt. Nutze sie aus, Candida, nutze sie aus!«

Ich war damals achtzehn Jahre alt und konnte mit ihren wohlgemeinten Ratschlägen nicht viel anfangen. Die Rollen, die man mir anbot, als ich wieder nach Deutschland zurückkam, waren ziemlich eintönig. Ich hätte so gerne die Rollen weitergespielt, die ich an der Schule eingeübt hatte. Das Tragische zog mich nach wie vor an. Nur in einer Situation voller Widersprüche konnte ich meine Gefühle voll entfalten, ich brauchte das Unlösbare, um mich wirklich gehenzulassen. Frauen, die sich am Rande der Existenz bewegen, starke Frauen, schizophrene Frauen, egal, ich wollte alles spielen, nur nicht die naive Liebhaberin, die nur ein Ziel im Kopf hatte, nämlich sich den Helden zu schnappen und schleunigst das Messer in eine gigantische Hochzeitstorte zu tauchen.

Meine erste Rolle war eine Frauenleiche in einem Swimmingpool. Ich hielt es für kein gutes Omen.

Ich halte noch immer mein Glas Weißwein in der Hand. Aus den Lautsprechern singt Sinatra, und ich atme tief ein. Der Mann, der gerade an mir vorbeigegangen ist, trägt einen schicken dunkelblauen Anzug und eine gestreifte Krawatte, und ich muß an Richard denken, weil ich bei dunkelblauen Anzügen und schräggestreiften Krawatten immer an Richard denken muß. Richard ist der Mann, in dessen Arme mich meine Mutter gleich nach der Geschichte mit Paul getrieben hatte.

»Jetzt bist du einundzwanzig, also im besten Alter, und es wäre doch gelacht, wenn wir nicht einen netten jungen Mann für dich auftreiben können.«

Mir schwante Böses, was meine Mutter sich alles unter »einem netten jungen Mann« vorstellen könnte, und um ihren Verkupplungskünsten unter allen Umständen zuvorzukommen, stürzte ich mich auf den Nächstbesten: Richard, einen Investmentbanker. Die ganze Sache dauerte nur drei Wochen. Seine markantesten Merkmale waren seine tadellosen dunkelblauen Anzüge, seine gestreiften Krawatten und sein stark ausgeprägter Hang zur Surfer-Metaphorik. Wenn er philosophisch werden wollte, begann er mit dem Satz: »Es ist doch genauso wie beim Surfen.« Dann fuhr er meistens fort: »Man steht am Strand und checkt erst einmal die Wellen aus, bevor man hineingeht. Dann springt man ins kalte Wasser und sucht die perfekte Welle. Man darf sie nicht zu spät nehmen, sondern muß sie genau im richtigen Moment erwischen. Dann kannst du dich von ihr tragen lassen und sie bis zum letzten ausnutzen. Aber noch während du auf ihr reitest, mußt du, wenn du ein guter Surfer bist, schon nach der nächsten Ausschau halten, denn sonst verlierst du den Anschluß. Und der Trick ist doch, immer auf der Höhe zu bleiben, immer *on top,* du verstehst ...«

Dann lächelte er immer stolz. Ich glaube, er hielt sich für einen ungeheuer coolen Typen. Daß er in seinem Leben noch nicht einmal in die Nähe eines Surfbretts gekommen war, schien ihn nicht zu stören, aber das war typisch für Richard, er hatte diese besondere Begabung, sich bestimmte Weisheiten einfach anzueignen und anschließend zu behaupten, sie wären allein seinem reichen Erfahrungsschatz entsprungen. Vielleicht prädestinierte ihn diese Unverfrorenheit zu einem erfolgreichen Geschäftsmann. Aber das alles war mir egal. Für mich war die kurze Affäre mit ihm Balsam. Nach dem Psychostreß mit Paul war dieser »normale« Anzugträger genau das Richtige. Außerdem verstand er es, mich zu unterhalten. Er führte mich in teure Restaurants aus, erzählte mir in allen Details seinen Arbeitstag, aus dem natürlich immer hervorging, wie sehr er im Leben stand und wie wichtig und clever er seine Geschäfte führte. Es war wunderbar. Ich mußte mich nur mit roten Lippen zurücklehnen und ihm lächelnd zusehen und dabei meine Beine übereinanderschlagen. Ich wollte keinen Hamlet und keinen Macbeth, ich hatte Tragödien fürs erste satt. Nach drei Wochen erwischte ich ihn mit einer blonden Pornodarstellerin in meinem Bett. Ich warf ihn raus und trank mit ihr noch eine Tasse Tee. Sie hatte tolle Grübchen, und außerdem war es ja nicht ihre Schuld, daß Richard so ein Arsch war.

»Erde an Candida, Erde an Candida. *Candida, do you read?*«

Ich schrecke hoch.

»Was?«

Ich erwache wie aus einem Traum. Vor mir steht ein rothaariger Mann und lächelt.

»Jan! Was machst du denn hier?«

»Na ja, ich war gerade in der Gegend, und als ich erfahren habe, daß dein Vater Geburtstag feiert, habe ich mir gedacht, ich schau mal vorbei, und nun bin ich hier.«

»Mein Gott, Jan... wir haben uns so lange nicht mehr gesehen... das ist ja wirklich unglaublich!«

Das letzte Mal, als ich Jan gesehen hatte, war an meinem vierzehnten Geburtstag gewesen. Er hatte mir eine Pumucklplatte mitgebracht, weil er wußte, daß ich Pumuckl nicht ausstehen konnte, und hatte mich mit Erdbeertorte beworfen. Wir mochten uns damals nicht besonders, trafen aber immer wieder aufeinander, weil unsere Eltern so gut befreundet waren. Ich fand ihn ziemlich blöd, weil er ein Junge war, und er muß mich ziemlich blöd gefunden haben, weil ich ein Mädchen war. Trotzdem ist er der erste Junge, dessen nackten Po ich sehen durfte und dem ich im Austausch dafür meinen nackten Po gezeigt hatte, als er einmal bei uns übernachten mußte und wir im selben Zimmer schliefen. Irgendwann waren seine Eltern dann weggezogen, und wir hatten uns aus den Augen verloren.

»Was machst du denn hier in der Stadt?« frage ich Jan.

»Ich habe das Architekturbüro meines Vaters übernommen.«

»Ah, schön«, sage ich.

»Und wie geht es dir, Candida?«

»Ganz gut, nehme ich an.«

»Das klingt aber nicht gerade überzeugend.«

»Na ja, wie das so ist, ein paar Synchronjobs, ein paar Rollen als Leichen in einem Krimi.«

»Mann, das ist heavy...«

»Ja, kann man wohl sagen.«

Seine Stimme kommt mir wunderbar vertraut vor. Es ist, als wäre wie durch ein Wunder ein konserviertes Stück aus meiner Kindheit auf einmal zu mir in meine Gegenwart verfrachtet worden. Wie eine Brücke aus Tönen klingt Jans Stimme, die mich in eine Zeit zurückversetzt, als alles noch einfach war.

»Auf unser Wiedersehen«, sage ich.

Wir stoßen mit unseren Gläsern an. Ich muß auf einmal lachen.

»Was ist?« fragt er.

»Ach, nichts«, kichere ich. »Mir ist nur eingefallen, wie ich dich mal in den Swimmingpool geworfen habe.«

»Mann, du hattest damals vielleicht komische Frisuren.«

»Ich? Du warst doch der mit dem völlig unmodischen Beatles-Haarschnitt. Außerdem wolltest du immer mit so langweiligen Zauberkästen spielen.«

»Also, ehrlich gesagt, ich konnte dich nicht ausstehen.«

»Und ich fand dich, ehrlich gesagt, furchtbar.«

Dann lachen wir wieder und stoßen noch einmal an. Gerade in dem Moment, in dem ich mir überlege, ob mir Jan vielleicht gefallen könnte, kommt eine lange dürre Frau in schwarzen Marlene-Dietrich-Hosen auf uns zu.

»Schatz«, sagt sie, »ich habe dich überall gesucht.«

Sie spricht mit einer sehr wichtigen Stimme und hat diese ein wenig zusammengekniffenen blauen Augen, die sie wie ein böser Fisch aussehen lassen.

»Oh ... ja ... Candida, das ist meine Verlobte Beatrice.«

»Hallo«, sage ich und lächle sie an. »Sie haben einen schönen Namen.«

Beatrice lächelt schief, als ob sie sich nicht entscheiden könne, ob sie jetzt wirklich lächeln will oder nicht. Auf einmal bemerke ich, daß ich ziemliche Mühe habe, noch aufrecht zu sitzen. Außerdem fühlt sich meine Zunge pelzig an.

»Ich glaube, ich muß jetzt nach Hause«, sage ich. »Ich habe viel zuviel getrunken.«

»Soll ich dich ... nach Hause fahren?« fragt Jan.

»Nein ... nein ... das geht schon, danke ...«, sage ich und schaue dabei Beatrice an, die eine komische Brosche in der Form eines Panthers an ihre Bluse geheftet hat.

Irgendwie komme ich in meinen Mantel und irgendwie auch nach Hause.

In der Nacht träume ich von Jan, der mit mir auf einer Insel gestrandet ist und den ganzen Tag nichts anderes tut, als mir uralte Zaubertricks vorzuführen.

»Den Trick habe ich doch schon tausend Mal gesehen«, sage ich ihm, aber er hört nicht auf mich. Unermüdlich zaubert er ein häßliches rotes Tuch nach dem anderen aus dem Hut. Ich würde so gern einfach ins Meer springen und davonschwimmen, aber Jan hat mir erzählt, daß es draußen Haifische gibt, und so lasse ich es bleiben und schaue sehnsüchtig aufs Meer hinaus.

2

Mein erster Griff am nächsten Morgen ist nach einem Glas Wasser, der zweite nach einem Aspirin. Bevor ich es wagen kann, meine Augen ganz zu öffnen und dem Tageslicht auszusetzen, klingelt das Telefon.

»Schatz, ich bin es.«

»Ah, Ingrid.«

Ich halte den Hörer eine Armeslänge entfernt, denn meine Agentin Ingrid hat eine unglaublich durchdringende Stimme.

»Hör zu. Bist du schon angezogen?«

»Ja, klar«, lüge ich.

»Du mußt in einer Stunde im Studio F sein. Es wird für eine neue große Serie gecastet. Und sie möchten dich sehen.«

»Aha«, sage ich und notiere auf einen Zettel: »Studio F in einer Stunde.«

»Sie wollen dich sehen, Candida. Sie werden dich wahrscheinlich etwas improvisieren lassen, also sei auf alles gefaßt. Bist du in Form?«

»O ja, kein Problem. Ich bin in absoluter Topform«, krächze ich in den Hörer.

»Also, dann viel Glück! Ruf mich an, wenn du fertig bist.«

Na, wunderbar. Ich werde halb betrunken zu diesem Casting torkeln und sie alle umhauen. Wahrscheinlich eher durch meinen Atem als durch meine Improvisationskünste. Ich hasse es nämlich zu improvisieren. Ich habe es schon immer gehaßt. Ich kann mich noch gut an mein erstes Casting erinnern, zu dem ich gegangen bin. Es ging um eine Coca-Cola-Kampagne, ein ziemlich bescheuertes Script, in dem eine Delegation von Außerirdischen für eine einzige Dose Cola um die halbe Galaxis reist oder so ähnlich. Ich zeigte mein Profil, sagte brav meinen Namen auf und lächelte in die Kamera, als ob es um mein Leben ginge.

»Sagen Sie, Candida, sprechen Sie eigentlich eine Außerirdischen-Sprache?«

»Äh ... nein ...«

Mein aufgesetztes Lächeln fiel um ein paar Etagen nach unten, meine Augen weiteten sich, das Herz schlug mir bis in den Hals. Ich spürte den Schweiß, der mir langsam in dicken Perlen aus der Kopfhaut kroch. Was um Himmels willen sollte ich darauf antworten? Der magere Typ im grünen T-Shirt, der mir diese bescheuerte Frage gestellt hatte, grinste selbstgefällig.

»Tja ... da kann ich auch nichts machen.«

Mein erstes Casting hatte genau fünfunddreißig Sekunden gedauert. Wie oft habe ich mir danach ausgemalt, wie es gewesen wäre, wenn ich witzig und schlagfertig geantwortet hätte.

»Ja, natürlich. Ich spreche sogar drei außerirdische Sprachen. Sie denn nicht?« – »So ein Zufall, ich habe mich gerade heute für Marsianisch an der Volkshochschule eingeschrieben.« – »Nein, aber meine Kinder lernen schon in der Schule Uranusianisch.«

Noch heute fallen mir Antworten ein. Aber es ist zu spät.

Ich nehme eine Dusche, ziehe mein rotes Kostüm an, das ich mir immer nur für solche Gelegenheiten aufbewahre, und fahre los. Viel verspreche ich mir nicht davon, das habe ich mir schon vor einiger Zeit abgewöhnt. Aber von irgend etwas muß man leben.

»Name?«

»Candida, aber Sie können mich Candy nennen.«

Ein kleines kokettes Lächeln von mir. Dann drehe ich mich kurz nach rechts und zeige mein rechtes Profil und einmal kurz nach links für mein linkes Profil. O Gott, wie ich diese Castingballade hasse.

»Und wer vertritt Sie?«

»Ich bin bei der Agentur Full Play, Ingrid Höfer ist meine Agentin.« (Als ob dieser Kerl mit seiner unmöglichen Frisur das nicht schon wüßte.)

»Schön, Candy, erzählen Sie ein bißchen von sich.«

Ich schaue in die Kamera, tue so, als ob die Fragen direkt aus dem schwarzen Kasten dort kommen, so wie es sich gehört.

»Tja, was soll ich Ihnen sagen?«

Ich mache eine Pause, atme tief ein. Natürlich weiß ich, was ich ihnen sagen soll, am besten eine witzige Anekdote aus meinem Leben, aus der hervorgeht, wie cool und schlagfertig ich bin. Aber ich sage nichts, und so ist es still, nur das leise Geräusch der surrenden Kamera kann ich hören. Ich kenne es gut, ich könnte das Geräusch über Meilen hinweg erkennen. Vielleicht sollte ich versuchen, damit ins Guinnessbuch der Rekorde zu kommen: die Frau, die eine laufende Kamera über hundert Kilometer hinweg hören kann.

»Wissen Sie, als ich zwölf Jahre alt war und diese kurzen Haare trug, hatte ich eine wirklich große Lücke zwischen meinen beiden Vorderzähnen. Niemand sonst außer mir hatte eine solche Lücke, und irgendwie war ich stolz darauf. Ich war damals ein wirklich aufgewecktes und freches Mädchen. Ich spielte oft mit den Jungs und stürzte mich mit ihnen im Winter in Schneeballschlachten. Ich spielte auch Fußball und war sehr schnell. Eines Tages beschlossen dann meine Eltern, daß ich eine Spange tragen mußte. ›Du willst doch später einmal eine schöne Frau werden, oder?‹ hatten sie mir gesagt. Ich hatte ja gesagt, obwohl ich mir gar nicht so sicher gewesen war, ob ich das überhaupt wollte. Nun ja, von da an da – ich weiß, es klingt irgendwie komisch, aber von diesem Zeitpunkt an begann alles anders zu werden. Je gerader meine Zähne wurden, desto braver wurde ich. Ich weiß nicht, ob das irgend etwas mit der Spange zu tun hatte, aber ich veränderte mich. Sichtlich. Ich verbrachte mehr Zeit allein und hörte auf, Streiche zu machen und frech zu sein. Ich begann sogar, Angst vor den Jungs zu haben. Der Zahnarzt sprach von einem vollen Erfolg. Ich weiß nicht, manchmal frage ich mich, ob das nicht ein Riesenfehler gewesen war. Ich meine, wer weiß, vielleicht wäre vieles in meinem Leben anders verlaufen, wenn ich meine Zahnlücke behalten hätte. Irgendwann mal hatte ich gehört, daß bei einem Stamm in Afrika Zahnlücken seit jeher als besonderes Glückszeichen angesehen werden. Aber das ist in Afrika, nicht hier. Waren Sie schon einmal in Afrika?«

Der Typ mit dem schlechten Haarschnitt schüttelt langsam den Kopf und blickt mich völlig verwirrt an.

»Na ja, da kann man nichts machen«, sage ich, lächle noch einmal in die Kamera und verlasse das Studio, in dem es so still ist, als hätte eine Bombe eingeschlagen.

Ingrid wird mich umbringen, wenn sie erfährt, wie ich mich aufgeführt habe. Man erzählt auf Castings keine absurden Geschichten aus seiner Kindheit. Man hat witzig und lässig zu sein und vor allem immer guter Laune. Nun ja, diesem Typen hinter der Kamera hatte es wenigstens ganz schön die Sprache verschlagen.

Als ich lächelnd aus dem Studio hinausgehe, scheint die Sonne. Es wird ein wunderschöner blauer Tag werden.

Ohne nachzudenken, lenke ich meine Schritte in ein Kaufhaus. Große, unpersönliche Kaufhäuser sind mir tausendmal lieber als kleine exklusive Boutiquen. Ich gehe nie in Boutiquen. Läden, in denen man von Verkäuferinnen überwacht, verfolgt, angestarrt und überredet wird, machen mich nervös. Kaufhäuser beruhigen mich. Ich habe seit fast zehn Jahren keinen exklusiven Laden betreten. Als ich noch ein Teenager war, nahm mich meine Mutter fast jedes Wochenende in diese Geschäfte mit. Ich kann mich noch gut an die Zeit erinnern, als ich nach dieser Kreuzfahrt in die Karibik ziemlich übergewichtig geworden war. Ich muß so um die siebzig Kilo gewogen haben, und meine Mutter zwang mich damals fast jedes Wochenende dazu, mit ihr »Shopping-Ausflüge« zu unternehmen. Im nachhinein glaube ich, daß sie das für eine Art Therapie hielt. Sie dachte, daß mich schöne Kleider motivieren würden, endlich abzunehmen. Aber da hatte sie sich gründlich getäuscht, auf jeden dieser »Shopping-Ausflüge« folgten in der Regel mindestens zwei, drei Stück Käsekuchen. Die weißen, cremigen Kohlehydrate waren immer mein bevorzugtes Betäubungsmittel gegen verletzte Schamgefühle gewesen.

Das Anproberitual war das Schlimmste.

Nachdem ich meine dicken Pullis ausgezogen hatte, die ich damals egal zu welcher Jahreszeit trug, und mich aus meinen mir eng gewordenen Jeans herausgezwängt hatte, starrte mich mein blasser dicker Körper im Spiegel der engen Kabine an. Von oben glühte weißes Licht wie ein Projektor auf mich herunter. Ich konnte meinem Spiegelbild nicht mehr entkommen. Zu Hause wußte ich es immer gut zu vermeiden, mich anzusehen. Im Bad gab es nur einen kleinen Spiegel auf Kopfhöhe. Den großen Spiegel an der Tür ignorierte ich einfach. Ich verbrachte die Zeit lieber damit, mein Gesicht zu schminken, um dabei den Rest meines Körpers zu vergessen. In diesen Kabinen jedoch war er wieder da, wie ein primitives Tier, das auf einmal wieder aus seiner Höhle auftaucht.

»Du gehörst nicht zu mir, nein, nein, das bin ich nicht«, hätte ich am liebsten geschrien, aber ich war gefangen. Ich konnte nicht weglaufen.

»Bist du soweit?« rief meine Mutter immer von außen in die Kabine hinein und riß den Vorhang zur Seite, während ich noch halbnackt, mit großen Oberschenkeln und dickem Bauch verzweifelt versuchte, mich in den schwarzen Norma-Kamali-Rock Größe vierundvierzig hineinzuzwängen. Meine Mutter warf meist nur einen kurzen Blick auf mich, seufzte und rief den blonden, magersüchtigen Verkäuferinnen mit langen Ohringen zu, ob sie denselben Rock nicht eine Nummer größer hatten. Eine Nummer größer. Meine Niederlage hatte immer eine Zahl. Mit hochrotem Kopf mußte ich dann irgendwann aus der Kabine treten, wo mich draußen nur noch mehr Spiegel und noch mehr Augenpaare erwarteten. Wie in einem Nebel ging ich auf meine Henker zu. Ich war ihnen ausgeliefert. Und das Schlimmste dabei war, daß ich mich selbst nunmehr mit ihren Augen sehen würde. Und was die sahen, wußte ich: ein pummeliges Mädchen mit reichen Eltern und nichts weiter. Hilflos stand ich in meinen Socken und in meinem Kamali-Rock Größe vierundvierzig vor ihnen und wollte am liebsten verschwinden.

Ich wünschte mir, Mephisto würde kommen und mich mit in den Erdboden nehmen, aber den Gefallen tat er mir nicht. Er ließ mich in meinen Socken vor den Blikken der anderen stehen und freute sich.

»So, dann gehe ich mich mal wieder umziehen ...«, versuchte ich mich immer aus der Affäre zu ziehen, aber auch meine Mutter war mit Mephisto im Bunde.

»Aber warte doch, dreh dich mal um.«

»Also ... das Schwarz steht Ihrer Tochter wirklich«, sagte dann eine der Verkäuferinnen, deren Gesicht mir nur vage erschien, da ich mich nicht traute, ihr in die Augen zu sehen. Ja, ja, ich wußte schon Bescheid: Schwarz und Weiß, die Farben der Dicken. Die Farben, die einen angeblich schlanker aussehen lassen.

»Und gefällt es dir?«

Das war mein Stichwort, ich brauchte nur ja zu sagen und war erlöst.

»Ja, es ist in Ordnung«, sagte ich.

Dann drehte ich mich um und ging so schnell wie möglich wieder in die Kabine zurück, wo die Sicherheit meiner Jeans und meines ausgeleierten Pullis mich erwarteten.

»Sie macht jetzt eine Diät, wissen Sie?« hörte ich meine Mutter draußen sagen. »Das heißt also, daß wir den Rock doch eine Nummer kleiner kaufen.«

»Eine gute Idee«, pflichtete die Verkäuferin meiner Mutter mit diesem unausstehlich positiven Lächeln bei.

Ich wußte genau, der Kamali-Rock würde dasselbe Schicksal erleiden wie die Armani-Hose, das Gucci-Kleid und die vielen anderen Kostüme und Röcke, die meine Mutter allesamt eine Nummer zu klein eingekauft hatte. Sie würden in meinem Schrank hängen und wie dunkle, geduldige Tiere auf die junge hübsche Frau warten, der alles gelang, die das Leben genoß, eines

Tages an der Türschwelle erscheinen würde, und die doch niemals kam.

Das Neonlicht der grauen Kabine sticht mir in die Augen. Ich habe 85 B an.

»Paßt Ihnen das?«

Inzwischen trage ich Größe 38. Ich bin schlank, mein Paß für diese Welt. Ich werde von Verkäuferinnen respektiert und kann ihnen in die Augen sehen. Aber damit fühle ich mich keineswegs sicher. Denn ich weiß noch immer, irgendwo tief in mir drin lauert das Monster, das nur darauf wartet, an die Oberfläche zu kommen, um mir zuzurufen: »Siehst du, ich bin wieder da! Sieh mich an, ich bin dein wahres Ich, so siehst du wirklich aus, unförmig, schwach und zu nichts gut!« Aus diesem Grund zwinge ich mich ab und zu in Umkleidekabinen. Nur um zu sehen, ob es mich noch gibt.

»Ja, danke, es paßt genau.«

Geschafft!

3

Zum Lunch treffe ich Magnus. Wie immer sieht er so aus, als habe er letzte Nacht nicht viel geschlafen. Seine müden graublauen Augen schauen mich durch seine schwarze, runde Hornbrille an. Magnus ist Gagschreiber für das Fernsehen, hat lange, ziemlich zerzauste Haare, durch die er aus einem unerfindlichen Grund immer gerne mit seinen Händen fährt, schiefe Zähne und wohnt allein in einer riesigen Altbauwohnung, in die er vor über einem Jahr eingezogen ist und in der außer einem Bett und zwei Stühlen nichts steht.

»Ich komme einfach nicht zum Einkaufen«, sagt er immer, aber ich sehe ihn auch nie arbeiten. Wie er sein Geld verdient, ist mir ein Rätsel, aber es scheint kein Problem für ihn zu sein. Magnus ist allergisch gegen Staubmilben und macht seit fünf Jahren eine Therapie bei einem Psychoanalytiker.

»Magnus, du siehst schrecklich aus.«

»Ich weiß. Ich hab bis gestern vier Uhr morgens an Verdi gesessen.«

Seit ich ihn kenne, schreibt Magnus heimlich an einem Film über Verdi.

»Natürlich. Wie geht es Verdi?« (Wie es Verdi geht, frage ich ihn immer als erstes.)

»Er hat seine Frau gestern gerade verlassen.«

»Aber Magnus, das hat er doch schon letztes Mal getan, als ich dich gesehen habe.«

»Wirklich? Na ja, weißt du, seit dem letzten Mal ist viel passiert. Ich habe … na ja … ein paar Veränderungen vorgenommen.«

»Du meinst, du hast alles wieder umgeschrieben? Gib's zu, Magnus, ich fürchte, du wirst deinen Phantomfilm nie zu Ende kriegen.« (Magnus haßt es, wenn ich pessimistische Bemerkungen über sein Verdi-Drehbuch mache. Er ist furchtbar leicht eingeschnappt. Und vor allem haßt er es, wenn ich sein Projekt als »Phantomfilm« bezeichne.)

»Und wie geht es deinem Liebesleben?« frage ich Magnus. (Wie es seinem Liebesleben geht, ist dann meist meine zweite Frage an ihn.)

»Du weißt ja … seit mich Sophie vor zwei Jahren verlassen hat, ist nichts mehr so, wie es einmal gewesen war.«

Sophie ist die schöne, kühle blonde Freundin, die ihn an den Rand des Wahnsinns gebracht hatte. Er hat sich nie wieder von ihr erholt.

»Letzte Woche habe ich eine Brasilianerin kennengelernt. Wir haben Gimlets getrunken, und dann habe ich sie mit zu mir genommen. Sie hat gestöhnt, meinen Rücken zerkratzt und ist nach fünf Minuten schon gekommen. Das alles hat mich einfach so deprimiert.«

»Na, hör mal, so deprimierend hört sich das doch gar nicht an.«

»Ich kann nichts dafür, mir sind kühle, steife Frauen einfach lieber. Sophie lag immer da wie ein Brett, das war irgendwie toll.«

Magnus seufzt.

»Weißt du, du solltest dich endlich damit abfinden, daß Sophie sich endgültig aus deinem Leben verabschiedet hat. Es gibt ja schließlich auch noch andere Frauen, oder?«

»Das habe ich mir auch gesagt, und als ich am nächsten Tag neben der Brasilianerin aufgewacht bin, habe ich sie gefragt, ob sie mich heiraten will und mit mir nach New York fahren möchte.«

»Du spinnst ja!«

»Dasselbe hat sie auch gesagt. Aber das Komische ist, ich hätte es wirklich gemacht. Weißt du, ich fühle mich einfach manchmal so verdammt einsam.«

»Aber Magnus, deshalb muß man doch nicht gleich jemanden heiraten.«

»Warum willst du mich nur nicht heiraten, Candida? Wir ziehen in die Toskana, nehmen uns einen alten Bauernhof mit Olivenhainen und Bergziegen und leben dort glücklich bis an unser Lebensende.«

»Und was machen wir bis dahin?«

»Wir könnten Ziegen züchten oder Olivenöl pressen, was weiß ich.«

»Ich mag aber keinen Ziegenkäse.«

»Mußt du immer so ein Spielverderber sein?«

Wir lachen, und ich fühle mich sogar fast wohl. Während wir unsere Büffelmozzarellas verspeisen, erzählt mir Magnus, daß er letzte Woche fast sein ganzes Vermögen in indische Rupien investiert hat. Vor einigen Monaten hat er begonnen, an der Börse zu spekulieren.

»Manchmal denke ich, ich müßte ganz arm werden, dann würde alles gut werden.«

Magnus verzieht sein Gesicht. Fünf Jahre Psychoanalyse haben ihn keinen Deut glücklicher gemacht. Ich weiß nicht, was ich in solchen Fällen sagen soll, also sage ich nichts und berühre Magnus nur kurz am Arm.

»Ich meld mich bald mal wieder, okay?«

»Ach, Candida, versprich mir, daß du mal zu mir zum Essen kommst. Wenn ich weiß, daß du zu Besuch kommst, motiviert mich das vielleicht endlich, Möbel zu kaufen.«

Ich verspreche es ihm, und dann verabschieden wir uns.

Als ich endlich nach Hause komme, warten drei Nachrichten auf meinem Anrufbeantworter. Sie sind alle von Ingrid.

»Du wirst es kaum glauben, aber sie wollen dich. Nein, was sage ich, sie sind verrückt nach dir. Ruf mich an, sobald du zurückkommst. Piep!«

»Ich bin so unglaublich froh für dich, sie haben große Pläne, es ist eine dreizehnteilige Staffel vorgesehen. Ruf mich an! Piep!«

»Mein Gott, wo steckst du nur? Ich möchte gerne dein Gesicht sehen, wenn du das hörst. Habe ich dir eigentlich schon gesagt, daß du dabei die Hauptrolle übernehmen sollst? Ich glaube nicht. Hahaha... ruf mich an! Piep!«

Ich traue meinen Ohren nicht und spule das Band zurück, lasse Ingrids durchdringende Stimme noch einmal in einer metallenen Telefonversion ihre drei Nachrichten aufsagen. Eine Hauptrolle? Wovon zum Teufel hat sie da gesprochen? Es konnte sich doch unmöglich um das Casting von gestern handeln. Wahrscheinlich will sie mich nur auf den Arm nehmen, weil sie erfahren hat, was für einen Mist ich bei diesem Casting erzählt hatte.

Ich wähle ihre Nummer. Natürlich habe ich ein schlechtes Gewissen. Die Situation ist mir vertraut. Ich habe versagt, wieder einmal die Erwartungen, die in mich gesetzt wurden, enttäuscht. Irgendwo auf meiner

Großhirnrinde wird auf Play gedrückt und ein Band mit der Stimme meiner Mutter abgespult: »Warum mußtest du nur versagen, nach alledem, was ich für dich tue. Immerhin könntest du ja auch mal versuchen, dir Mühe zu geben. Warum mußt du dich nur immer selbst boykottieren? Und wo ist eigentlich der Norma-Kamali-Rock geblieben, den du damals unbedingt haben wolltest?«

Wie ein Lamm zur Schlachtbank – so heißt es doch, oder?

»Hallo«, sage ich vorsichtig.

»Schatz! Ich bin ja so froh, daß du anrufst! Also, ich weiß ja nicht, was du denen im Casting erzählt hast, aber sie lieben dich einfach! Du bist genau die, nach der sie gesucht haben.«

»Äh ... ich?« frage ich.

»Aber ja doch, du! Wer sonst? Hör zu, der Produzent will dich unbedingt kennenlernen, hörst du, ich meine, es ist eine große Sache, die sie da planen. Ich habe schon beim Produzenten eine fabelhafte Gage für dich rausgeschlagen. Ich habe ihm erzählt, daß du gerade eigentlich schon ein Angebot aus den USA hast.«

Ingrid kichert. Sie liebt solche Sachen.

»Ingrid ... es tut mir leid, aber ich bin mir nicht ganz sicher, ob du das ernst meinst ...«

»Ich bin so glücklich für dich«, fährt sie einfach fort, wie immer ohne auf meine Einwände einzugehen. »Nun bekommst du endlich einmal die Chance, auf die du so lange gewartet hast. Endlich wirst du zeigen können, was in dir steckt. Also hör zu, komm heute abend so gegen acht zu ›Luigi‹. Dort wird der Produzent dich erwarten. Er möchte dir gleich das Drehbuch zeigen.«

»Ah ja?« sage ich, noch immer unsicher.

»Du wirst doch dieses Mal nicht wieder absagen, so wie damals, Candida, oder ...?«

Damals. Die amerikanische Koproduktion. Ich hatte abgesagt, weil Paul mich darum gebeten hatte. Sei ehrlich, Candida, verdammt noch mal, er hatte dich nicht darum gebeten, er hatte dich dazu gezwungen. Noch einmal wirst du dir diese Chance nicht entgehen lassen.

»Nein ... Ich werde dasein.«

»Luigi« ist seit Jahren der In-Treff in der Stadt. Schnelle, schaumige Cappuccini, Perlenketten auf cremefarbenen Kaschmirpullovern, Cabriolets auf dem Bürgersteig, neue originelle Handymelodien, die sich immer mal wieder zwischen Cappuccino und Tiramisu zu Wort melden, um der Umgebung des stolzen Handybesitzers zu signalisieren, daß man schließlich auch woanders erwartet wird. Ich habe dunkle Jeans an und mir einen breiten Ledergürtel umgeschnallt, den ich mir immer umschnalle, wenn ich mich gewappnet fühlen will.

»Hallo, Miß Candida! Willkommen, willkommen.«

Ein älterer, hochgewachsener Mann in einem tadellosen gestreiften Anzug kommt auf mich zu.

»Ich bin Frank Rosenwald, Ihr Produzent. Wie schön, daß Sie es schaffen konnten. Ich wollte Sie unbedingt kennenlernen.«

Er hat eine Zigarre in der Hand und strahlt mich an. Ich lächle etwas verlegen und reiche ihm die Hand. Wer weiß, vielleicht ist es ja wirklich ein Scherz à la »Versteckte Kamera« oder so was. Man macht erfolglosen und verzweifelten Schauspielern weis, sie hätten die Rolle ihres Lebens geangelt. Man läßt sie in ein Restaurant kommen, um den besagten Produzenten kennenzulernen. Die Kamera konzentriert sich auf ihr hoffnungsvolles Gesicht, man macht Close-ups, und dann wird auf einmal gelacht, der falsche Kellner entpuppt sich als der Moderator der Show und ruft »Willkommen bei der ›Versteckten Kamera‹! Das Ganze war nur ein Scherz, ich hoffe, Sie sind uns nicht böse!«

Zur Entschädigung bekommt man dann ein Paket Lebkuchen und eine Teflonpfanne geschenkt. Und vielleicht würde ich mich sogar wohler fühlen, wenn dies tatsächlich ein Scherz wäre.

»Folgen Sie mir doch«, sagt Rosenwald, und ich folge seinem Zigarrenrauch, der mich durch das Gewühl der Menge wie in einem Traum zu einem Tisch führt, der in einer Ecke mit zwei leeren Stühlen auf uns wartet. Wir setzen uns, und ich schaue Rosenwald an, der wiederum mich mit sichtlicher Begeisterung mustert. Eine Weile schweigen wir, dann sagt er voller Elan: »Sie sehen genauso aus wie in Ihrem Casting-Video. Ich bin begeistert!«

»Schön, das freut mich ...«, sage ich und versuche, wieder mein blödes Lächeln von vorhin hinzukriegen. Ich weiß nicht, ob ich es schaffe, aber zumindest grinst er zufrieden von einem Ohr zum anderen. Worüber, weiß ich zwar nicht, aber er ist zufrieden.

»Also, wissen Sie ... vielleicht könnten Sie mir einfach mal ein bißchen erklären, worum es geht.«

»Ach, Ihre Agentin hat Ihnen noch gar nichts erzählt? Also, Sie bekommen die Hauptrolle in unserer neuen Serie ›Ein Fall für Vera‹. Sie spielen Vera, eine hartgesottene, aber sensible Staranwältin. Eine Frau, die den Dingen auf den Grund geht und sich voll für ihre Sache einsetzt. Intelligent, schön, selbstbewußt und mit einem untrüglichen Riecher für krumme Touren. Eine Frau voller Charme, nicht so eine kühle, perfekte Erfolgsfanatikerin aus den Achtzigern. Verletzlichkeit ist wieder in, verstehen Sie. Eine Frau, die die schwierigsten Fälle lösen kann und dennoch nicht

Angst davor hat, ihrem Publikum zu erzählen, daß auch sie einmal eine Zahnlücke gehabt hat.«

Er lächelt mich wissend an, als ob er ein Geheimnis von mir kennen würde.

»Wissen Sie, das war einfach phantastisch, was da auf dem Bildschirm rüberkam ... eine so große Ehrlichkeit und Transparenz ... eben genau das, wonach wir suchen. Hier ...« Rosenwald schiebt mir einen Stapel beschriftetes Papier vor die Nase. »Das Drehbuch zur ersten Folge. Schauen Sie es sich ruhig mal an.«

Ich schaue kurz um mich. Wenn es eine Versteckte-Kamera-Show wäre, dürfte jetzt der dramaturgisch beste Augenblick sein, den Vorhang zu heben und die Maskerade zu enthüllen. Wenn man das Fernsehopfer zu lange am Haken zappeln läßt, übermannt die Zuschauer Mitleid, und das darf nicht sein. Aber es passiert nichts. Also doch kein Scherz. Ich habe tatsächlich soeben die Hauptrolle in einer Fernsehserie angeboten bekommen. Ich blättere durch die Dialogseiten.

VERA:

Ich kann es nicht glauben, daß Marie einen Menschen töten kann. Sie haben die Frau doch selbst gesehen. Ich frage Sie, sieht so eine Mörderin aus?

(Sie schlägt mit der Faust auf den Tisch.)

Auf einer anderen Seite heißt es:

(Vera kommt in ihrem schwarzen wallenden Talar in den Gerichtssaal. Sie hat ihre Mappe unter dem Arm und schaut kurz auf die Uhr. Sie setzt sich neben ihren Klienten. Sie berührt kurz seinen Arm.)

Vertrauen Sie mir, es wird alles gut werden.

Eine Seite später heißt es:

Einspruch, Herr Vorsitzender! Dies sind aus der Luft

gegriffene Verdächtigungen, die meinem Mandanten böswillig Dinge unterstellen, die er sich nicht hat zuschulden kommen lassen!

»Glauben Sie, das schaffen Sie?«

Rosenwald hat nach seinem Glas gegriffen und hält es vor mir hoch.

»Ganz bestimmt kann ich das«, sage ich, während ich mit ihm anstoße.

Als ich das Glas wieder auf den Tisch setzte, merke ich zum ersten Mal, daß meine Hände zittern.

Eins zu null für mich, Paul. Ich werde spielen.

4

Als es um sieben Uhr klingelt, ist es noch dunkel. Ich stelle das digitale Piepen ab, das in den dunklen, kalten Morgen einbricht, ohne meine Augen zu öffnen. Mein Atem kommt schwer, so als würde ich ihn mir erkämpfen müssen. Ich fasse mir an den Hals. Vage erhasche ich noch einige Bilder aus meinem Traum. Ich sehe einen Turm, eine schmutzige Straße, auf der eine Ölschicht liegt, als habe eine glitschige Schnecke ihren Schleim dort deponiert. Dann, als mein Traum gerade dabei ist, sich engültig aufzulösen, ist alles auf einmal ganz deutlich vor mir. Ich kann nur an eines denken, und das ist Paul in meinem Traum, so lebendig und furchtbar wie in unserer schlimmsten Zeit. Ich bin eingesperrt in einem runden Zimmer, aus dem es kein Entrinnen gibt. ›Das Fenster! Die Tür!‹ denke ich, rufe den Gegenständen um mich herum einen stummen Hilfeschrei zu, aber es hilft nichts. Er stürzt sich auf mich, greift nach meinem Hals. Ich möchte schreien, aber ich kann nicht. Ich möchte fliehen, aber ich kann mich nicht bewegen. Seine Augen blitzen mich an, er braucht nichts zu sagen. Ich weiß, daß er mich töten wird.

Dann öffne ich meine Augen. Ich lebe.

Diese Alpträume sind nichts Neues für mich. Immer wieder kehren sie zurück. Obwohl Paul seit drei Jahren aus meinem Leben verschwunden ist, kann ich es nicht verhindern, daß er sich immer wieder heimlich in meine Träume und in mein Bewußtsein schleicht. Ich kann meine Haustür verriegeln, aber wie den Eingang zu meinen Träumen bewachen? Ich beschließe, Paul für den Rest des Tages aus meinem Leben zu verbannen. Gerade heute hat er in meinen Gedanken nichts zu suchen. Dann stehe ich auf und gehe unter die Dusche.

Unter dem warmen Wasser, das großzügig auf meine Haut rinnt, gehe ich den Text der ersten Szene durch. Die Wörter sagen sich von selbst, beruhigen meine Sinne. Wörter, auf die man sich verlassen kann, die gesagt werden würden. Wörter, für die man mich sogar bezahlen wird. Unweigerlich denke ich an das, was mein Vater vor langer Zeit einmal gesagt hatte, als ich mein erstes Engagement für das Fernsehen hatte. »Alles hängt davon ab, wie du die erste Szene bewältigst. Sie allein entscheidet, wie alles weitere am Set verlaufen wird«, hatte er mir eingeschärft. »Spielst du sie gut, wirst du für den Rest des Drehs respektiert werden. Deshalb mußt du sie gleich in der allerersten Szene packen. Schlag sie in deinen Bann, laß sie mit dir atmen, dann kann nichts schiefgehen. Gib ihnen einfach das, worauf sie warten, denn im Grunde warten sie ja auf nichts anderes als darauf, dich zu verehren.«

Leider wurde mir bei meinem ersten Fernsehauftritt der ursprüngliche Text gestrichen, und ich durfte nur einen kurzen schrillen Schrei von mir geben, bevor ich als junge hübsche Leiche im Swimmingpool endete. Wie sehr ich die Leute am Set mit meinem Schrei in den Bann zog, weiß ich nicht, aber zumindest nahm ich mir vor, meine neue Chance zu ergreifen. Jetzt hatte ich eine Hauptrolle. Meinen Text würde mir niemand mehr so leicht streichen. Und Paul erst recht nicht.

Als der Fahrer klingelt, bin ich bereit, und als ich die Treppen hinuntergehe, gehöre ich mir schon nicht mehr. Jede meiner Bewegungen wird beobachtet. Ich bin auf Sendung.

Der Fahrer sieht ziemlich jung und stolz aus. Worauf er mehr stolz ist, auf den dunkelblauen BMW oder auf seinen Job beim Film, weiß ich nicht, aber auf jeden Fall lächelt er viel. Dennoch ist da diese zurückhaltende Höflichkeit, das Bemühen um Unsichtbarkeit. Die Distanz. Spürbar wie eine unsichtbare Glaswand zwischen uns.

Irgendwie ist diesmal alles anders. Ja, dieser Job würde ganz anders werden, das kann ich spüren.

Während wir die gerade erwachenden Straßen entlangfahren, ist es still im Auto. Die andachtsvolle Ruhe und der Rücksitz, der nur mir gehört, lassen mich wie eine Königin fühlen, die mit der Candida, die eben noch aus dem Bett gekrochen ist, nichts mehr gemein hat. Schlagartig wird mir auch bewußt, warum. Natürlich! Ich bin der Star der Serie. Der absolute Mittelpunkt, die Sonne, um die sich der ganze Serienkosmos drehen würde. Ich muß an meinen Vater denken. Auch er würde sich jetzt wie ein König chauffieren lassen. Schließlich ist es das, was man von einem Profi erwartet, und ein Profi ist er schon immer gewesen.

»Professionalität ist das, wofür wir bezahlt werden. Zu große Vertraulichkeit ist tödlich. Du mußt sie nach dir hungern lassen. Wenn du sie hungern läßt, fressen sie dir aus der Hand.«

»Sie« – das waren die Leute aus dem Publikum. Mein Vater ist schon immer ein Aristokrat des Entertainments gewesen. Jetzt hat man mir auf einmal das Zepter in die Hand gedrückt. Ich darf ihn nicht enttäuschen. Vielleicht muß es mir angst machen, aber das tut es nicht, denn ich weiß, was zu tun ist. Das Leder auf meinem Rücksitz ist weich, es hat auf mich gewartet, nimmt mich auf. Kalte unpersönliche Haut, die meine Aufregung aufsaugt und sie neutralisiert. Ich lehne meine Wange an das glatte Schwarz des Leders, mache es zu meinem Liebhaber, drücke meinen ganzen Körper dagegen und lasse mich von seiner unbeteiligten Gleichgültigkeit streicheln. Es ist so ruhig. Als ob die Zeit stehenbleibt und nur das Auto weiterfährt.

Am Justizgebäude angekommen, wo wir heute drehen werden, werde ich von einem blassen jungen Mann begrüßt.

»Hallo, Candida, willkommen. Wir freuen uns schon alle darauf, mit Ihnen arbeiten zu dürfen. Ich bin Jordan, der erste Regieassistent. Das ist Barbara.« Er zeigt auf eine rundliche Frau Mitte Fünfzig mit vielen Lachfalten und schwarz übermalten Augenbrauen. »Barbara ist für Ihr Make-up verantwortlich. Wenn es irgend etwas gibt, das Sie haben möchten, zögern Sie bitte nicht, zu mir zu kommen.«

»Danke, Jordan.«

Kurzes Lächeln von mir. Mein Ton, fröhlich, aber nicht zu freundlich. Ich bin der Star – und er der erste Regieassistent. Die Hierarchie muß beachtet werden. Unter allen Umständen. Die erste Regel, die mir Ingrid beigebracht hatte. Ich mußte sie mir noch nicht einmal einprägen. Automatisch, wie ein Zug, der auf ein Gleis gebracht wird, verhalte ich mich so, wie es sich gehört, wie es schon tausend Schauspieler vor mir getan haben. Dann folge ich Barbara in die Garderobe. Es ist ein Spiel, und mein Körper, hungrig nach Anerkennung, spielt mit. Meine Schritte werden leicht. So als ob ich zwei Körper hätte. Einen, den ich irgendwo zu Hause gelassen habe, und einen zweiten, einen Fernsehkörper, perfekt und unzugänglich und vielleicht auch ein wenig gespenstisch.

Es ist das erste Mal in meiner Karriere, daß mir alleine eine Maskenbildnerin zusteht und ich den Schminkraum ganz für mich allein habe. Keine anderen Schauspieler. Nur ich und Barbaras konzentrierte Arbeit an meinem Gesicht. Die rituelle Salbung. Sie nimmt sich Zeit. Kein hektisches Abpudern wie bei den Gesichtern, die nur für ein paar Sekunden auf dem Bildschirm zu sehen sind. Mein Gesicht hat Priorität. Ich muß rein gemacht werden. Rein und bereit für die Kamera. Während sich Barbara mit ungeteilter priesterlicher Aufmerksamkeit an meinem intimsten Körperteil, meinem Gesicht, zu schaffen macht, versuche ich möglichst unbeteiligt irgendwohin zu schauen – denn so wird es erwartet, ihre Hingabe an mich muß von mir angenommen werden, als sei es das Natürlichste der Welt. Und obwohl mit jedem ihrer Pinselstriche meine eigene Persönlichkeit verblaßt und zurückgedrängt wird, wächst gleichzeitig mit jeder ihrer Gesten auch meine Wichtigkeit. Ich kann genau spüren, wie sich eine Art Aura um mich bildet. Eine Aura, die wie ein Schutzfilm dafür sorgen wird, daß immer genügend Distanz zwischen mir und den anderen Menschen vorhanden ist. Auch zwischen Barbara und mir wird immer größere Distanz spürbar. Obwohl sie es ist, die mich auf die andere Seite des Flusses gebracht hat, existieren wir ab jetzt in zwei verschiedenen Welten. Als Barbara die Lockenwickler in meine Haare dreht, bin ich endgültig zu Vera geworden. Meine Haare sind nach hinten gekämmt worden, so daß meine Augen mandelförmig aussehen, und auf meinen Lippen glänzt das Rot der selbstbewußten Vera. Ich kann mich kaum wiedererkennen, aber das muß ich ja auch nicht. Dann befreit Barbara meine Haare aus ihren heißen, metallenen Gefängnissen. Lockig und voll fallen sie wie eine Perücke über meine Schultern. Es ist soweit. Vera hat ihr endgültiges Aussehen gefunden.

Es klopft an der Tür, und eine Frau mit kurzen Haaren schaut durch die Tür.

»Hallo, ich bin Jackie, die Aufnahmeleiterin, ich wollte nur wissen, wie weit wir sind. Draußen sind wir mit dem Einleuchten fertig. Kann denn Vera schon zur Garderobe gehen?«

Alles nach Plan, denke ich, sie reden mich bereits mit meinem Rollennamen an.

»Ja, bin soweit fertig«, sagt Barbara.

»Fein. Dann begleite ich Vera mal zur Garderobe.«

Ich nicke. Ich folge Jackie in einen Raum, in dem die Kostüme an langen Stangen hängen. Leere Hüllen, in denen später einmal ein Bildschirmcharakter stecken wird. Bis dahin werden die Jacken, Hosen und Kleider geduldig auf die Schauspieler warten müssen, die sie zum Leben erwecken werden.

»Hallo, ich bin Beate«, begrüßt mich die Kostümbildnerin.

So schweigsam Barbara war, was für Maskenbildner eine Seltenheit ist, so sehr plappert Beate jetzt drauflos. Sie macht mir ein Kompliment über meine Figur, gibt mir einen fleischfarbenen BH, reicht mir ein beiges Kostüm von Jil Sander und spricht aufgeregt über irgendeinen französischen Stargast, den wir in der nächsten Folge haben werden. Sie ist mir gleich sympathisch, aber natürlich weiß ich, daß ich vorsichtig sein muß. Nur zu leicht lassen sich Schauspieler verführen, Masken- oder Kostümbildnern intime Geheimnisse anzuvertrauen. Diese Art von Set-Konfidenzen hat die wundersame Eigenschaft, sich schneller als ein Lauffeuer auszubreiten. Das ist vielleicht in Ordnung für Schauspielerinnen, die tot in Swimmingpools endeten, aber für Hauptrollenstars muß dies unter allen Umständen vermieden werden. »Ein Star muß sich immer mit einem Hauch von Geheimnis umgeben. Sollen die anderen über ihn rätseln. Um so wichtiger werden dann seine Interviews. Es hat alles seine Logik in diesem Geschäft.«

Mein Vater ist für seine Interviews berühmt. Er gibt nur wenige, und ständig sind Journalisten hinter ihm her. Er weiß immer, wie man alles genau dosiert. Die »Ein-Star-muß-sich-immer-mit-einem-Hauch-von-Geheimnis-umgeben-Doktrin« hatte ich oft genug gehört. Leider hatte ich in meinem Leben noch nie die Gelegenheit gehabt, diesen Grundsatz anzuwenden. Bisher war ich nur diese mäßig erfolgreiche Schauspielerin gewesen, für die sich ohnehin niemand interessierte, außer vielleicht, wenn es darum ging, etwas über meinen Vater zu erfahren. Jetzt ist alles anders. All die Tricks, die ich die ganzen Jahre hindurch aufgeschnappt hatte, hatten sich wie eine unsichtbare Erfolgssoftware für ein Computerprogramm in meinem Kopf eingenistet, jetzt wird das Programm zum ersten Mal aktiviert, und fast ohne daß ich es will, befolge ich es genau, als hätte ich nie etwas anderes gekannt.

Mit dem Make-up, den gewellten Haaren und dem schönen Kostüm habe ich mich Vera mit jeder Minute mehr genähert. Das Kostüm ist ein wichtiger Teil des Ganzen. Allein der feine Seidenstoff, der so leicht auf meinen nackten Schultern liegt, hilft mir dabei, zu fühlen, wie Vera sich fühlt, wenn sie es mit der Welt im Gerichtssaal aufnimmt. Mit ihrem perfekt gebügelten Kostüm und ihren hochhackigen Schuhen ist sie gewappnet. Ihr kurzer Rock ist ihr Schild, ihre schlanke Figur ihre Waffe. Niemand wird ihr etwas vorwerfen können. Im Grunde sind Vera und ich uns sehr ähnlich. Ich kann es gut nachvollziehen, wie sie sich in ihrem Job stets darum bemüht, perfekt und professionell zu sein. Vielleicht ist ihr Vater ein berühmter Strafverteidiger, berühmt wegen seiner legendären Strafprozesse. Sie hat Jura studiert, weil sie ihm nacheifern wollte. In ihrem Eifer hat sie irgendwann einmal vergessen zu leben. Wenn Vera nach einem anstrengenden Arbeitstag nach Hause kommt, ist sie einsam. Wahrscheinlich schaut sie sich am Abend amerikanische Fernsehsendungen an und ißt chinesische Fertiggerichte aus der Mikrowelle.

In einem jedoch sind Vera und ich verschieden: Im Gegensatz zu mir ist Vera eindeutig eine Gewinnerin. Sie ist es gewohnt, erfolgreich zu sein. Sie schlägt Staatsanwälte, überzeugt Richter ... Sie ist einfach dazu geboren zu gewinnen. Mit mir ist das anders. Natürlich bin ich mit Erfolg aufgewachsen, habe ihn eingeatmet, ihn ganz in meiner Nähe gespürt. Aber es war immer nur der Erfolg meines Vaters, der meine Mutter und mich wie ein exotisches Parfum umschwebte, das wir als nächste Angehörige eben nur mal ein bißchen mitatmen durften. Ich wußte, wie Erfolg schmeckte, wie er aussah und was man mit ihm machen konnte. Erfolg zu haben ist ein bißchen so, als ob man eine Einladung auf die wahnsinnigste Party seines Lebens erhält. Der Gastgeber ist unbekannt und der Grund der Feier ebenso. Aber das ist völlig unwichtig, denn man trinkt viel, tanzt viel und amüsiert sich so sehr, daß man nie wieder nach Hause gehen will. Also tanzt man immer mehr, trinkt immer schneller und amüsiert sich immer weiter, bis man schließlich vor Erschöpfung umkippt und einem so schwindlig ist, daß man sich übergeben muß. Wenn man aufwacht, fühlt sich alles so an, als sei es nur ein Traum gewesen. Ein erfolgreicher Entertainer ist der, der es schafft, seinen Rausch gut auszuschlafen und am nächsten Tag auf eine neue Party zu gehen. Manchmal hat man Glück und manchmal nicht. Wenn man Glück hat, nennt man es »Comeback«, wenn nicht, verschwindet man so leise und unerwartet, wie man erschienen ist. Mein Vater kann mit Stolz auf zwei Comebacks zurückblicken. Jedesmal haben meine Mutter und ich ihn durch seine Hölle begleitet. Und jedesmal waren wir wieder da, wenn er geliebt im Mittelpunkt stand und so tat, als sei es nie anders gewesen.

»Also, ich glaube, wir sind dann soweit ausgeleuchtet. Wenn Sie auch soweit sind, bringe ich Sie zum Set...«

Jackie lächelt erwartungsvoll. Ihr Job als Aufnahmeleiterin ist es, alles Organisatorische am Set zu koordinieren. Daß die Schauspieler pünktlich ans Set kommen, gehört dazu.

»Alles klar«, sage ich. Ich bin bereit.

Als erster kommt mir Kai, der Regisseur, entgegen.

»Ah, da ist ja meine Vera!«

Er schaut mir tief in die Augen und hält dabei meine rechte Hand fest. Er trägt einen Bart, hat eine Baseballmütze auf und zwinkert mir zu, als sei er schon seit Jahren mein heimlicher Liebhaber.

»Ich habe gleich gewußt, daß Sie für diese Rolle wie geschaffen sind, Candida.«

Auch dies gehört zum festen Szenario des Sets. Der Regisseur muß sich der Hauptdarstellerin in irgendeiner Art besitzergreifend nähern, auch wenn er im wirklichen Leben überhaupt nichts von ihr will. Deshalb ist es auch absolut tabu, mit jemandem am Set eine Affäre anzufangen. Es würde sich sofort auf das Verhältnis zum Regisseur auswirken.

»Ich freue mich, hier zu sein.«

Ich lächle und zeige meine Grübchen, die ich mir immer für diese Gelegenheiten aufhebe. Als nächstes begrüße ich natürlich den Kameramann und seinen ersten Assistenten, der dafür sorgen wird, daß ich auch immer schön scharf im Bild zu sehen bin. Der Kameramann ist ein bißchen älter und sieht mit seinen blondrötlichen Haaren und seinem blauen Wollpulli aus wie ein norwegischer Lachsfischer. Andauernd zuckt er so komisch mit den Augen, als würde es ihm weh tun, ausnahmsweise einmal nicht durch eine Kameralinse in die Welt zu blicken, aber vielleicht ist das nur seine Art, neue Hauptdarstellerinnen zu mustern.

Am Set sind ziemlich viele Schauspieler. Schließlich ist die Szene von heute eine Gerichtsszene. Veras Klientin ist angeklagt, ihren Mann ermordet zu haben. Sie behauptet, es aus Notwehr getan zu haben, aber der Staatsanwalt plädiert auf Mord und will sie lebenslänglich hinter Gittern sehen. Vera kämpft wie eine Tigerin, wild entschlossen, ihre Klientin dort rauszuboxen. (Wie sich später herausstellt, hat ihre Klientin den Mord tatsächlich geplant, aber zu der Zeit weiß Vera das noch nicht, obwohl sie schon von Anfang an einen leisen Verdacht hat.)

»Einspruch, Herr Vorsitzender!« ist mein erster Satz. Kai kommt zu mir aufs Set und geht mit mir durch, wo ich zu stehen habe. Am Boden markiert ein Praktikant die Stelle mit einem weißen Klebeband. Ich begrüße kurz die anderen Schauspieler, und dann kommt auch schon Barbara, die noch einmal Puder über mein Gesicht verteilt. Während sie mir die Lippen nachzeichnet, lasse ich meine Augen über das Set wandern. Ich achte nicht auf die Kabel, versuche, nicht auf die vielen Stative und hellen Spotlights zu schauen, die den Tag noch mehr zum Tag machen sollen. Ich blicke nur auf den kleinen Kreis, in dem ich spielen werde. Das kleine Stück Wirklichkeit, in der Vera leben würde, auch wenn es nur für ein paar Minuten wäre. Vor mir ist ein Tisch. Auf dem liegen ihre Mappe, ein paar weiße Blätter und ein Montblanc-Füller. Dinge von Vera. Dinge aus ihrem Leben. Ich stelle mir vor, wie sie heute morgen ihren Kaffee getrunken hat. In Eile, so wie immer, hat sie sich dabei verbrannt. Noch jetzt tut ihr die Zunge weh, aber sie denkt nicht daran. Sie hat Wichtigeres, an das sie denken muß. Da ist diese Frau, Marie, die beschuldigt worden ist, ihren Mann ermordet zu haben, Vera weiß, wenn sie es tatsächlich getan hat, daß sie zumindest einen verdammt guten Grund dafür gehabt hat. Vera weiß das, weil Marie eine alte Schulfreundin von ihr ist. Außerdem will sie gewinnen, weil der Staatsanwalt schon seit Jahren ihr Konkurrent ist. Sie hatten zusammen studiert, und er hatte ihr den Hof gemacht. Seit sie ihn damals abblitzen ließ, haßt er sie. Außerdem hat Vera die ganze Nacht über an dieser Rede gefeilt. Sie ist müde, aber sie wird es überspielen. Das ist sie gewohnt.

Ich staple Rechtfertigungen für ihr selbstsicheres Auftreten, mache ihr Leben für mich erklärbar, nachvollziehbar. Finde geheime Kleinigkeiten, die Vera unwiderruflich zu »Candida als Vera« machen, darstellbar von niemand anderem als von mir. Ich ergreife Besitz von Vera, so wie sie Besitz von mir ergreift.

Die Nervosität, die Vera vor ihrem Publikum empfindet, ist die gleiche, die ich jetzt hier am Set vor meinem Publikum empfinde. Das wird mir helfen.

»Und alles auf Anfang!«

Ich hole tief Luft. Die besten Momente würden jetzt kommen. Diese kostbaren, wunderbaren Sekunden, in denen die Zeit in meiner Hand liegt.

»Ton ab!« ruft Kai.

»Ton läuft!« antwortet pflichtgemäß der Tonmann.

Alle Blicke sind auf mich gerichtet. Ich spüre sie, sauge sie auf. Energie, die ich aufnehme und die mich stark macht.

»Kamera läuft!« sagt der Kameramann, unser norwegischer Lachsfischer, mit einer ganz ruhigen Stimme.

Dann fällt die Klappe, und Kai spricht das endgültige Machtwort. »Und bitte!«

Ich atme noch einmal ein, halte den Atem eine Viertelsekunde, noch eine halbe Sekunde ... dann beginne ich.

»Einspruch, Herr Vorsitzender!«

Eine Pause, eine kurze Bewegung mit dem Kopf, kaum spürbar, dann fahre ich fort:

»... gegen diese ungerechtfertigte Frage!«

Ich habe das Team gefangen, und ich werde es nicht mehr loslassen.

Als ich mir später in der Maske die Farbe aus dem Gesicht wische, weiß ich, daß ich ausatmen kann. Ich habe meinen ersten Drehtag bestanden. So wie man eine Prüfung besteht oder einen Besuch beim Zahnarzt. Man macht den Mund auf, zeigt seine nackten Zähne. Man kann nichts verbergen. Der Zahnarzt und der Regisseur werden alles sehen. Ich habe meinen Text gut aufgesagt. Zur Belohnung erscheine ich poliert, normiert und perfekt auf Zelluloid. Mein Lächeln ist perfekt und weiß gewesen. Klinisch gesund. Prüfung bestanden.

Ich bin hundemüde, aber zufrieden. Aber natürlich weiß ich, daß das nichts bedeutet.

»Du bist immer nur so gut wie dein letzter Auftritt« – ein weiterer goldener Spruch meines Vaters. Aber für heute hatte ich zumindest gewonnen. Und das ist alles, was ich tun kann.

Akt 2

5

Drei Monate später. Ich treffe mich zum Lunch mal wieder mit Magnus. Seit dem Dreh der ersten Folge haben wir es nicht geschafft, uns wiederzusehen. Inzwischen ist schon die erste Folge von »Ein Fall für Vera« im Fernsehen gelaufen. Es war ein Sonntag gewesen, und ich war nach draußen gegangen, um einen Cappuccino zu trinken. Ich wollte es auf jeden Fall vermeiden, mich zu sehen. So war es schon immer gewesen. Wenn der Film im Kasten ist, sehe ich meine Aufgabe als erledigt an. Dann liegt es an den anderen zu urteilen. Ich kann nichts mehr tun. Hoffnungslos bin ich den Wohnzimmern ausgeliefert, ein bißchen so wie Veras Klienten dem Richter.

Ein paar Stunden später rief mein Vater an.

»Ich wußte gar nicht ... ich meine, du hast uns gar nicht erzählt, daß diese Rolle so wichtig war ...«

»Ich habe dir doch gesagt, daß es etwas Großes wird, Papa.«

»Ja ... das hast du ...«

Irgend etwas war mit seiner Stimme nicht in Ordnung.

»Bist du okay?«

»Ja, natürlich ... bitte, richte Ingrid viele Grüße von mir aus ... Deine Mutter will dich auch noch sprechen.«

Dann hörte ich, wie meine Mutter in ihren Schuhen mit hohen Absätzen zum Telefon stöckelte. Sie ließ mich wissen, daß sie sich ein grünes Kleid von Gucci gekauft hatte. Was? Natürlich hat ihr die erste Folge gefallen, wer war denn eigentlich für die Garderobe verantwortlich, die Kostüme waren ja unmöglich.

Ich sagte so beiläufig wie möglich: »Ja, findest du?« Und dann verabschiedete ich mich.

Magnus und ich sind in unsere alte Kneipe gegangen und haben Mozzarella bestellt.

»Bella! Endlich schimmert wieder Hoffnung auf unseren deutschen Bildschirmen«, sagt Magnus.

Ich lache.

»Und wie geht es Verdi?«

»Ach, Verdi! Verdi ist passé. Ich möchte einen Actionfilm schreiben. Oder einen Psychothriller. Ich kann Verdi nicht mehr ausstehen.«

»Natürlich«, sage ich.

Solche Ausbrüche war ich schon von ihm gewohnt. Es bedeutete nur, daß er mal wieder einen schlechten Tag gehabt hatte.

»Aber reden wir von dir. Die erste Folge war ja einfach grandios! Du warst ... einfach wunderbar ... Ich meine, ich hatte gar nicht gedacht, daß du so eine ... ich meine, du warst einfach toll!«

»Ich bitte dich, Magnus! Unter alten Freunden, wie wir es sind, brauchen wir uns wirklich nicht mit Rosen zu bewerfen.«

»Aber nein, ich muß dir das doch sagen. Ich fand dich wirklich Klasse, einfach Klasse!«

»Und was macht dein Liebesleben?«

»Weißt du was? Ich wette, dieser Film macht dich zum absoluten Star. Da wette ich um alles in der Welt mit dir.«

»Magnus, du spinnst. Schreib lieber deinen Actionthriller.«

»Ich nehme jede Wette an.«

»Hör mal, Magnus. Wenn ich ein Star werde, dann heirate ich dich, und wir züchten Ziegen.«

»Abgemacht?«

»Na ja, dann überlege ich es mir jedenfalls.«

»Feigling! Und wie war's mit Fernand?«

»Ach, ganz nett. Im Grunde ist er harmlos.«

Für die erste Folge hatte der Produzent Fernand Labrice, den bekannten französischen Filmstar, für zwei Tage als *guest star* gebucht. Er hatte eingewilligt, als besonderen Starauftritt Julien, den Kronzeugen für Marie zu spielen.

Elegant war er am vorletzten Drehtag am Set erschienen. Er trug einen langen karamelfarbenen Mantel und hatte einen Schal um seinen Hals geschlungen. Ein Geräusper ging durch das Set.

»O mein Gott, da ist er ja«, flüsterte Beate.

»Wer ist denn das?«

»Du kennst ihn nicht?«

Beate klärte mich auf und versicherte mir, daß Fernand der Traum sämtlicher Frauen zwischen Atlantikküste und Elbe war. Fernand lächelte wenig und war ziemlich blaß. Mich erinnerte er an einen Vampir, der seit Monaten kein Blut getrunken hatte. Aber Beate war begeistert und nahm sich für seine Garderobe besonders viel Zeit. In der Szene, die wir zusammen haben, versucht Julien, Vera bei einem Abendessen zu verführen. Aber Vera durchschaut ihn und bleibt hart.

JULIEN

Vera, Sie sind die entzückendste Frau, die mir je begegnet ist.

VERA

Ich bitte Sie, Julien. Glauben Sie wirklich, solche Sprüche funktionieren bei mir? Wenn Sie sich erhoffen, etwas durch mich in Erfahrung zu bringen, muß ich Sie leider enttäuschen. Wenn ich heute abend zugesagt habe, mit Ihnen essen zu gehen, dann aus rein beruflichen Gründen.

JULIEN

Sie sind bezaubernd, wenn Sie so sprechen.

Vera schaut ihn etwas schief an und hebt dabei eine Augenbraue.

VERA

Sagen Sie, sind Frauen in Frankreich etwa einfältiger als hier?

Von Barbara erfuhr ich, daß Fernand Labrice in der Maske mit Vorliebe frauenfeindliche Witze erzählte und sich hämisch über das Team lustig machte.

Am selben Abend nach den Dreharbeiten hatte die Produktion das Team zu einem Büfett in den Studios eingeladen. Fernand Labrice stand in einer Ecke und schmollte. Ich ging auf ihn zu.

»Na, Monsieur Labrice, sind Sie froh, morgen wieder zurück nach Paris zu fliegen?«

»Ach ...«

Er zog langsam an seiner Zigarette.

»Wissen Sie, die Menschen sind hier wirklich ganz anders als in Frankreich. So verklemmt und stur. Nur

Sie, Mademoiselle Candida, Sie ... wie soll ich sagen, *vous êtes différente,* Sie sind anders. Sie haben bestimmt französisches Blut in Ihren Adern.«

»Ich fürchte, das ...«

»O ja, bestimmt haben Sie das.«

Er hörte mir gar nicht zu, sondern griff auf einmal nach meiner Hand. Vielleicht war er ja wirklich ein Vampir und brauchte jetzt vor seiner Abreise dringend ein paar Liter Blut. Ich blickte auf seinen Mund und versuchte Fangzähne zu entdecken.

»Heute ist mein letzter Abend. Kommen Sie noch mit zu mir auf mein Hotelzimmer? Ich habe eine Flasche Laurent Perrier, die wir köpfen können.«

»Ich fürchte, Ihre Flasche werden Sie allein köpfen müssen, Monsieur Fernand.«

Außer zwei Goldzähnen hinten links kann ich nichts Auffälliges erkennen. Also doch kein Vampir. Aber unsympathisch bleibt er mir trotzdem.

»Candida, Sie sind die entzückendste Frau, die mir je begegnet ist.« Anscheinend hatte er vergessen, daß er den gleichen Satz heute schon einmal auf dem Set zu mir gesagt hatte.

»Ich bitte Sie, Fernand. Glauben Sie wirklich, solche Sprüche funktionieren bei mir? Wenn Sie sich hier irgend etwas erhoffen, muß ich Sie leider enttäuschen. Wenn ich heute abend zugesagt habe, hierherzukommen, war das aus rein beruflichen Gründen.«

Fernand seufzte, und ich ergriff die Gelegenheit, mich schnell davonzumachen.

Nachdem ich Magnus von der Episode mit Fernand erzählt habe, wiederhole ich meine Frage nach seinem Liebesleben.

Die Kellnerin hat uns unsere zwei Cappuccini gebracht, und Magnus seufzt.

»Wie es meinem Liebesleben geht? Schlecht! Gestern

habe ich erfahren, daß Sophie jetzt ein Kind von diesem Schnösel von Werbefilmer bekommt. Darüber war ich so deprimiert, daß ich den ganzen Abend damit verbracht habe, diese 190er-Nummern anzurufen.«

»Und?«

»Ich hatte zwei Stunden lang einen wilden Telefonflirt mit einem neunzehnjährigen Dessousmodel, bis sie mir dann gestanden hat, daß sie in Wirklichkeit fünfundvierzig ist und als Briefträgerin in Winsen an der Luhe arbeitet. Das hat mich dann so deprimiert, daß ich sie gefragt habe, ob sie mich nicht heiraten möchte. Dann hat sie aufgelegt. Ich glaube, sie hat gedacht, ich mache mich nur über sie lustig.«

»Ach, Magnus!«

»Und wie geht es deinem Liebesleben?«

»Du weißt doch genau, daß ich für so etwas keine Zeit habe«, lüge ich und lache.

Irgendwann, nachdem ich Paul verlassen hatte, hatte mir so ein Typ auf der Straße aus der Hand gelesen und mir gesagt, daß ich vor vielen vergangenen Leben einmal ein Tiger war. Ich wußte nicht, ob ich ihm glauben sollte, ich hatte gelacht und ihm zwanzig Mark geschenkt, aber die Sache mit dem Tiger gefiel mir. Vor allem seit Vera fühle ich mich mehr denn je als eine Raubkatze. Hungrig und allein, inmitten eines gefährlichen Dschungels. Und in den letzten Monaten bin ich regelmäßig auf Raubfang gewesen. Ich habe ganz einfach damit angefangen, Männer mit zu mir nach Hause zu nehmen. Da der Drehort tabu ist, gehe ich in Bars. Ich bestelle Whiskey sour und denke an Vera. Dann fühle ich mich stark und weiß, daß mir nichts passieren kann. Bevor ich angegriffen werden kann, greife ich an. Ich spreche sie an, lächle ihnen zu, ich dosiere meine Wimpernschläge, meine Worte. In jeder Sekunde weiß ich, wie ich aussehe. Ich behalte die Kontrolle. Wenn wir uns dann unterhalten und sie über ihr Intimleben reden, nicke ich, als ob ich verstehen würde, als ob es mir wichtig wäre. Die Gespräche bleiben immer gleich. Das, was ich sage, bleibt immer gleich. Ich erzähle ein paar Anekdoten über mein Familienleben, über das Leben am Set, über Paul (die fünfminütige oder die zwanzigminütige Version). Sie sind beeindruckt, halten mich für charmant, intelligent, witzig, was weiß ich. Sie haben keine Ahnung. Sie glauben, weil ich ihnen intime Geschichten erzähle, hätten sie einen Einblick in mein »Seelenleben« gewonnen. Sie glauben die Geschichten, die ich ihnen erzähle. Sie haben keine Ahnung, daß spätestens beim zweiten Mal, bei dem man eine Geschichte erzählt, die Wahrheit zu zerfließen beginnt. So bastle ich aus allem eine brauchbare Geschichte, die nichts weiter ist als eine Hülle, nichts weiter als ein Bündel Worte, das sogar mein gesamtes Leben zu einem Roman zu machen droht, bis ich selbst daran zweifle, ob es je etwas anderes gewesen ist.

Aber meine Männer aus den Bars täusche ich damit. Sie glauben an die »Wahrheit« meiner Vergangenheit, die »Wahrheit« meiner Gegenwart, die ich ihnen gebe, aber ich täusche sie, und meine Freiheit siegt. Glorreich und heimlich. Meine Freiheit, meine kostbare, wunderschöne Freiheit. Paul hatte mich gelehrt, was es bedeutet, frei zu sein. Ihn zu verlassen war der befreiendste Augenblick meines Lebens gewesen. Nichts kann mir je die Überzeugung nehmen, daß ein Mann im Grunde nur dazu da ist, daß man ihn verläßt.

Das System ist immer dasselbe. Sie sind zwischen fünfundzwanzig und fünfzig. Ich lerne sie kennen, und dann geht alles ganz schnell. Ich lade sie zu mir ein und mache ihnen einen Mozzarella-Tomaten-Salat. Darüber Olivenöl, speziell von meinem Bäumchen gepflückte Basilikumblättchen, Salz und Balsamicoessig.

Dann ein schöner Rotwein. Médoc oder Saint-Emilion, nach Möglichkeit einen 1992er oder auch 1990er. Dann fange ich an. Debussy zum Einstimmen, dann Ravel – meist »Pavane pour une infante défunte« (Orchesterversion) –, es folgt ein Tiramisu und als krönender Abschluß ein Klavierkonzert von Rachmaninow. Dazu natürlich viele Kerzen, mein schwarzes Kleid mit dem Ausschnitt, ein paar Worte zur Kunst, zur Chaostheorie (wirkt immer sehr gut) und dann der erste Kuß (ist mir immer der liebste). Ich lasse seine Hände auf meinem Rücken gleiten, bis sie auf meinen Hüften liegenbleiben. Ich greife nach seiner Hand, führe sie auf meinen Po. Dann nehme ich seinen Kopf in meine beiden Hände und lehne meinen Kopf sanft in seinen Nacken. Ich kann förmlich seinen Pulsschlag hören, ich atme in sein Ohr, öffne meine Lippen und küsse ihn auf den Hals. Meist reicht die Magie für ein paar Stunden. Jedoch nicht für eine ganze Nacht. Bei mir übernachten dürfen meine erbeuteten Männer nicht. Spätestens um drei Uhr morgens werfe ich sie raus.

»Hör zu ... ich hab morgen noch ziemlich viel zu tun und muß früh raus ...«

Natürlich bemühe ich mich, höflich zu sein. Dann verstehen sie meistens, und nach ein paar Minuten gehen sie. Sobald die Tür hinter ihnen ins Schloß gefallen ist, kann ich aufatmen. Endlich wieder allein. Die Stille tut so gut, daß ich weinen könnte, aber noch ist es nicht soweit. Dann der Moment, auf den ich heimlich gewartet habe. Ich lasse ich mich wieder auf das Bett fallen, reibe meine Schenkel aneinander, presse sie fest zusammen und zwinge meine Lust heraus, wie ein wilder ungebändigter Tiger im Morgengrauen seinen Schmerz herausbrüllt. Meine Sehnsucht, die Sehnsucht nach dem, was ich nicht bin, die Sehnsucht nach dem, was ich endlich sein würde, läßt mich aufschreien. Das, was ich habe, will ich nicht. Ich möchte »Nein« schreien, alles von mir stoßen. Endlich nach dem greifen, wonach ich mein Leben lang gesucht habe, das mir manchmal so nah erscheint und mich doch jedesmal vergessen läßt, daß es immer unerreichbar bleiben wird. Dieses Etwas, das ich suche und wofür es keinen Namen gibt, außer vielleicht so etwas wie das wilde Leben. Ich sehe Farben. Rot. Schwarz. Dann ist alles vorbei. Unter zerwühlten Laken liegen meine aufgelösten Träume, verschwitzt zwischen meinen Schenkeln. Tränen, vermischt mit Schweiß. Ich starre geradeaus auf die weiße Wand, aber kann nichts erkennen. Nichts außer diesem Weiß, das droht, mich auszulöschen. Ich bin allein.

Dann, weil es irgendwann einmal ja weitergehen muß, stehe ich auf. Ich gehe ins Bad, nehme eine Dusche und schmiere mir eine teure Nachtcreme ins Gesicht. Nachdem alles weggewaschen und abgedeckt ist, beziehe ich das Bett neu und schlafe in den Morgen hinein.

Von alldem würde Magnus nie etwas erfahren. Weder er noch irgendein Mensch. Wer würde mich schon verstehen – und was könnte jemand je daran ändern?

Auch von den Träumen, die mich seit Drehbeginn heimsuchen, in denen mich Paul immer wieder bedroht und ich um mein Leben kämpfen muß, erzähle ich Magnus nichts.

»Und wie geht es mit der Serie weiter, Miß Staranwältin?«

»Na ja, ich stecke noch mitten in Dreharbeiten. Es sind noch weitere dreizehn Folgen geplant, und wenn sie sich nicht kurzerhand dazu entschließen, mich rauszuschmeißen, wird Vera noch weiterhin auf den Bildschirmen glänzen.«

»Darf ich dich zu einem Tiramisu verführen?«

»Magnus, das ist lieb von dir, aber ich muß zu Ingrid. Ich habe ihr versprochen, bei ihr vorbeizuschauen. Sie war ganz aufgeregt heute am Telefon, ich nehme an, daß sie mal wieder eine ihrer Überraschungen auf Lager hat.«

»Na gut, mein Preiselbeerkuchen, ich hoffe, wir sehen uns bald!«

»Klar, mein Lorbeerblatt, mach's gut.«

Ingrid hat ein wunderschönes Büro im obersten Stock eines hochmodernen Apartmentkomplexes, das überall Glasfenster hat und von dem aus man die Stadt überblicken kann. Hier, zwischen schwarz lackierten italienischen Designermöbeln, herrscht Ingrid in einem imposanten Ledersessel über ihr Reich: Hunderte von Schauspielerschicksalen, die alle hoffnungsvoll in Form von Akten, Manuskripten, Fotos und Lebensläufen in jeder Ecke ihres Büros liegen und auf ein Urteil warten.

Als ich hereinkomme, steht sie sofort auf, um mich auf beide Wangen zu küssen. Sie hat wie immer ein ziemlich enges Kostüm an, das sich wie eine zweite Baumwollhaut um sie schmiegt und sie für ihr Alter immer noch ziemlich sexy aussehen läßt.

»Candida, mein Schatz, wunderbar, daß du es geschafft hast, vorbeizukommen.«

»Ja, wunderbar«, sage ich.

»Also, schieß los, Ingrid.« (Ich weiß, daß sie irgend etwas auf Lager hat, vor allem, wenn sie mich »mein Schatz« nennt.)

»Immer gleich zur Sache, na schön. Ich habe gestern einen Anruf von ELLA erhalten, du weißt doch, dieser riesige Kosmetikkonzern. Und stell dir vor, sie wollen dich als ihr Gesicht haben.«

»Als ihr was?«

»Sie wollen dein Gesicht als ihr Markenzeichen. Werbefilme, Werbefotos, Werbekampagnen – und alles mit deinem Gesicht.«

Ingrid strahlt mit ihren goldenen Ringen um die Wette, von denen sie mindestens zwei an jedem Finger hat.

»Mein Gesicht?«

»Ja, dein Gesicht.«

»Bist du sicher?«

»Was soll das heißen, bin ich sicher, natürlich bin ich sicher! Sie suchen schon seit Monaten nach jemandem, der geeignet wäre, ELLA zu repräsentieren. Jemand, der bekannt ist und eine gute Ausstrahlung hat. Jemand von Welt, jemand mit Stil, Schönheit, der aber auch Authentizität ausstrahlt und eine gewisse Intelligenz ...«

Ingrid redet weiter, und ihre Worte rauschen wie gegen meinen Willen an mir vorbei. Ich versuche wie ein Eisfischer in der Antarktis inmitten von Treibeis, die einzelnen Wortbrocken festzuhalten, aber ich schaffe es nicht. All diese Worte wie »Image«, »Ausstrahlung«, »Schönheit«, die so viel bedeuten müßten, aber mit denen ich nichts anfangen kann.

»Sie möchten auch ein neues Parfum lancieren. *Just you*. Und *Just you* – das wirst du sein. Jemand, der spontan ist, voller Charme, der aber auch genau weiß, was er will.«

Ich verspüre auf einmal den unwiderstehlichen Drang, mich ruckartig umzudrehen, um sicherzugehen, daß Ingrid die ganze Zeit über auch tatsächlich mit mir gesprochen hat und nicht in Wirklichkeit jemanden gemeint hat, der hinter mir sitzt. Irgend etwas sagt mir natürlich, daß hinter mir wahrscheinlich niemand ist, aber ich kann nicht anders. Ich drehe mich um. Aber hinter mir ist nur eine weiße Wand, an der eine Modigliani-Lithographie hängt, eine nackte Frau, die auf einem Sofa schläft und mit ihren Augen blinzelt, so dekorativ wie eine Katze.

»Na, was sagst du dazu?«

»Wie bitte? Ach ja, natürlich ...«

Ich weiß, was Ingrid jetzt erwartet. »Mein Gott ... das ist ... das ist phantastisch!«

Ich habe beschlossen, ihr einfach das zu geben, was sie hören will. »Einfach wundervoll. Natürlich freue ich mich.«

»Ich werde einen Wahnsinnsvertrag für dich aushandeln, mach dir keine Sorgen. Um das ganze Organisatorische brauchst du dich überhaupt nicht zu kümmern. Du hast nur schön zu sein.«

Noch einmal drehe ich meinen Kopf herum. Sicherlich muß dort jemand sein. Jemand, auf den diese ganze Beschreibung paßt, jemand, der diese ganze Aufmerksamkeit verdient, jemand, der *Just you* sein kann, ohne zu lügen ... aber hinter mir ist nichts. Nichts außer der Modigliani-Frau, die immer noch stumm ist, weil sie ihr Geheimnis verschluckt hat, das sie nun in ihrem weißen Bauch hütet. Irgendwie erinnert sie mich an eine orientalische Prinzessin, und mir fällt ein, daß meine Mutter mich früher zum Fasching auch immer als orientalische Prinzessin verkleidet hat, mit rotem Turban und langem Seidenrock, sie malte mir dann ihren grünen Lidschatten auf die Augen und trug Mascara auf meine Wimpern auf. Das mit dem Mascara war das Schlimmste.

»Du mußt die Augen offen halten, sonst verschmierst du alles«, schärfte sie mir immer ein, und ich zwang mich, meine weit aufgerissenen Augen so lange offen zu halten, bis die schwarze Tinte auf meinen Wimpern festgeklebt war. Dann waren meine Augen voller Tränen.

»Schönheit hat ihren Preis«, sagte meine Mutter.

»Also, ich melde mich bei dir, wenn es konkretere Pläne gibt, okay? Und vergiß nicht deinen Auftritt bei der ›Stunde der Wahrheit‹, deine Fernsehshow nächsten Dienstag.«

Ingrid lacht, als wolle sie sagen: »Wie hättest du es auch vergessen können«, und ich lache zurück, nur um zu überspielen, daß ich mich seit Tagen bemühe, diesen Termin zu vergessen.

Auf dem Nachhauseweg zittern mir die Knie. Ich müßte vor Glück in die Luft springen, statt dessen muß ich immer wieder daran denken, wie ich mich vorhin beim Rausgehen mit Magnus in diesem Café gefühlt hatte. Nur zu gut hatte ich die Blicke der Menschen von den Nachbartischen auf mir bemerkt. Das Restaurant war auf einmal zu einer Theaterbühne geworden. Und ich hatte meine Rolle automatisch angenommen. Ich hob meine Stimme, ließ meine Bewegungen ein wenig größer werden, bot ihnen meinen Körper wie ein Geschenk an.

Jetzt, wo ich hier ganz allein auf der Straße gehe und ohne ihre Blicke atmen muß, fühlt es sich auf einmal so an, als wäre ich reingelegt worden. Die Leute hatten die Kunstfigur Vera sehen wollen, von Candida wollten sie nichts. Mein Geschenk, ein sinnloses Opfer.

Mir ist kalt geworden, und während ich hier in der kühlen Luft entlang der vielen Boutiquen und Geschäfte gehe, vermeide ich es, in die Vitrinen und Spiegel zu sehen. Ich halte meinen Kopf gesenkt und lasse meine blonden Strähnen ins Gesicht fallen. Ich will nach Hause, will in meinen beigefarbenen Jogginganzug, in dem mich noch niemand außer mir gesehen hat, und möchte mich mit einer Packung Knäckebrot und Tortenbrie in mein Bett verkriechen. Ich hatte genug von Blicken, der Aussicht auf Fernsehauftritte und ELLA.

Gestern hatte mich jemand auf der Straße um ein Autogramm gebeten. Es war das erste Mal gewesen, daß mir so etwas passiert war.

»Sie sind doch Vera von ›Ein Fall für Vera‹, nicht wahr?«

»Ja«, hatte ich geantwortet mit einem komisch stolzwarmen Gefühl im Magen, weil ich erkannt worden war.

»Kann ich ein Autogramm haben?«

»Natürlich«, hatte ich gesagt, während mein Herz schneller schlug. Ich wollte der Frau in die Augen schauen. Da bemerkte ich auf einmal, daß sie mich gar nicht richtig anschaute. Sie hatte ein weißes Stück Papier und einen Kugelschreiber rausgekramt und starrte verbissen auf das Papier. In dem Moment begriff ich, daß ihre Aufmerksamkeit gar nicht mir, sondern allein diesem Stück Papier galt, auf dem sie meine Schrift haben wollte. Das Papier war für sie nur eine Art Trophäe, ich selbst war ihr völlig egal.

Während ich auf ihren Zettel »Alles Gute« schrieb, lächelte ich, fast so, als ob ich mich dafür irgendwie entschuldigen müßte.

»Sie müssen noch unterschreiben«, sagte die Frau.

»Ja... natürlich«, antwortete ich und kritzelte schnell »Candida« hin. Ich bereute es augenblicklich. Am liebsten hätte ich das Autogramm gleich wieder zurückgenommen, aber es war zu spät. Die Vorstellung, daß mein Name, ein Stück aus meinem Leben, geschrieben mit dem blauen Blut der Tinte, jetzt in irgendwelchen Händen durch die Stadt zirkulieren würde, mißfiel mir auf einmal ganz schrecklich.

»Schau mal, ein Autogramm von der Candida, du

weißt schon, diese Schauspielerin«, würde die Frau zu ihrem Mann, ihren Freundinnen und Geschäftskollegen sagen, die mich eingefangen auf einem ausgerissenen Blatt Papier betrachten würden, und es würde nichts geben, was ich dagegen tun könnte. »Nein«, wollte ich also schreien und meinen Namen wieder zurücknehmen, aber statt dessen habe ich gelächelt und so getan, als ob es mich freuen würde, und die Frau war verschwunden, ohne mich noch einmal anzuschauen.

Zu Hause angekommen, schlüpfe ich in meinen Pyjama, nehme mir mein Knäckebrot und einen Tortenbrie mit ins Bett und schaue mir irgend so eine bescheuerte amerikanische Fernsehserie an, in der eine Frau von Dämonen oder so heimgesucht wird, bis sie kapiert, daß es nur ihr Mann oder ihr Liebhaber oder wer auch immer ist, der den Poltergeist spielt. Dann falle ich in einen dunklen, dumpfen Traum, in dem ich auf einer Kanzel stehe und mich selbst verteidigen muß. Man beschuldigt mich, einen original Modigliani gestohlen zu haben, und ich muß immer wieder mit meinem Namen auf Hunderten von Papieren unterzeichnen, daß ich es nicht war. Am nächsten Morgen wache ich schweißgebadet auf.

6

Zum Frühstück treffe ich Josephine. Sie hat heute ihren achtundvierzigsten Geburtstag, und natürlich hat sie mich ausdrücklich darum gebeten, ihn nicht zu feiern oder auch nur zu erwähnen. Josephine heißt eigentlich gar nicht Josephine, sondern Susanne, aber da Susanne schon immer ein Faible für das Frankreich des neunzehnten Jahrhunderts hatte (sie ist sogar davon überzeugt, daß sie in einer früheren Inkarnation einmal die Gattin Bonapartes gewesen ist) und sie zudem den Namen »Susanne« für zu wenig glamourös hielt, hat sie sich irgendwann einmal kurzerhand umbenennen lassen. Josephines größte Enttäuschung in ihrem Leben ist, daß sie nicht als Gräfin oder zumindest als Herzogin geboren wurde. Ihre zweitgrößte Enttäuschung, daß sie genau wie alle anderen Sterblichen auch jedes Jahr ein Jahr älter werden muß. Sie hat einen sehr reichen Mann geheiratet, den sie nicht ausstehen kann, und lebt in einer Wohnung, die sie als kleines Barockschlößchen eingerichtet hat und die sie ständig umdekoriert. Außerdem ist es bei ihr grundsätzlich unaufgeräumt. »Das Leben ist zu kurz«, lautet ihre Ausrede, wenn ich sie mal darauf hinweise, daß der Himbeerjoghurt schon seit meinem letzten Besuch auf dem Fensterbrett vor sich hin schimmelt. Überall liegen Bücher und ausgeschnittene Zeitungsartikel verstreut (Josephine liebt es, Artikel auszuschneiden, bevor sie diese liest), und da sie immer dabei ist, neue Einrichtungsideen zu sammeln, liegen auch in sämtlichen Ecken der Wohnung Stoffproben auf dem Teppich herum. Die Gemälde an den Wänden sind alle mit Badetüchern verhängt. »Weil sie so wertvoll sind und kein Tageslicht vertragen«, hatte sie mir einmal erklärt. Aus demselben Grund sind auch die schweren Brokatvorhänge immer halb zugezogen, was dem Raum einen Hauch von geheimnisvoller Mystik verleiht.

Da die Bewegungsfreiheit in ihrer Wohnung wegen der vielen herumliegenden Sachen ziemlich eingeengt ist, gehen wir meist in ihre Küche, die aussieht, als würde ein Teenager drin hausen. Josephine hat einen eigenartigen Geschmack, wenn es um Nahrung geht. Meist lebt sie nur von Tee, Cornflakes, Himbeerjoghurt und Vitamintabletten. Sie macht uns eine Tasse heißes Wasser mit einer Scheibe Zitrone, weil sie kürzlich gelesen hat, daß das gut gegen Falten sein soll. Überhaupt ist sie sehr belesen auf dem Gebiet des Anti-Aging und verfolgt mit großem Eifer die neuesten Trends aus Amerika.

Als ich hereinkomme, sitzt Josephine in einem unglaublich grellen pinkfarbenen Kostüm auf einer Couch und wühlt in einer alten Supermarkttüte. Ich kenne diese Plastiktüte, es ist die Tüte, in der Josephine all ihre alten Fotos verstaut hat. Irgendwann in den Siebzigern war sie Fotomodell und spielte auch einmal in einem Film mit. Es war ein Kostümfilm, der in einem Schloß gedreht wurde. Einmal hat sie mir aus dieser Zeit ein Bild gezeigt. Sie sah wirklich wunderschön aus.

Jetzt hat sie eine frische Schicht Make-up auf ihrem Gesicht, aber ich kann sehen, daß sie geweint hat.

»All das...«, sagt sie. »All das... ist nun vorbei. Ein Stück aus einer anderen Zeit, ein Körper, von dem ich gar nicht glauben kann, daß er mir einmal gehört hat. Und doch bin ich diese junge Frau auf dem Foto da, ich weiß es, ich kann mich sogar in irgendeiner perversen Art daran erinnern.«

»Josephine, du bist noch immer wunderschön...« sage ich, weil ich mir denke, daß sie das irgendwie jetzt hören möchte, aber vielleicht täusche ich mich auch.

»Wenn ich so weit gekommen bin, dann nur deshalb, weil meine Schönheit mir diese Gelegenheiten verschafft hat. Mein reicher Mann, diese Wohnung, meine Kleider, glaubst du, ich hätte all das mit einem Buckel und einem schielenden Blick bekommen? Man muß die Dinge doch mal beim Namen nennen. So ist es nun mal in der Gesellschaft. Candida, ich sage dir, nutz die Zeit, die dir noch bleibt, nutz jede Sekunde, es vergeht alles so schnell.«

Dann drückt sie mir die Hand, und ich kann sehen, wie ihr rechtes Auge wäßrig wird. Seitdem der Prinz, mit dem sie sechs Jahre lang eine Affäre hatte, sie verließ, ist Josephine zunehmend melancholisch geworden. Sechs Jahre lang traf sie ihn jeden Mittwoch und jeden Sonntag in einem Apartment. Er war Kunstliebhaber und machte mit ihr immer »Liebe à la Tizian« – so nannte sie es stets, obwohl sie mir nie verraten hat, was damit gemeint war.

Sie hat mir die Geschichte mit ihm schon tausendmal erzählt. Ihre Geschichten und ihre kolorierten Erinnerungen, die sie wie Seidentücher um sich hängt, um sich vor den rauhen Winden der Realität zu schützen.

Kurz nachdem ihr Liebhaber sie verlassen hatte, hatte sie aus lauter Wut kurzerhand etwas mit einem dicken Baron angefangen, der Josephine schon seit Jahren verehrte.

»Er riecht zwar nicht besonders gut, aber er hat ein riesiges Gut auf dem Land und ist immerhin Baron.«

»Josephine, du bist wie eine Figur aus einem Roman«, sage ich.

»Ich weiß«, sagt sie, und ihre Augen glänzen. »Aber ich sehne mich einfach nach ein wenig Schönheit und ein wenig Glanz in dieser Welt ...«

»Ach, Josephine«, sage ich nur und wünsche mir, ich könnte ihr ihren Märchenprinzen herbeizaubern, nur um sie glücklich zu machen.

»Glaubst du nicht, daß das Leben manchmal wie ein Märchen sein kann?« fragt sie mich mit ihrer hellen, zerbrechlichen Stimme, die sie sich für solche Momente aufhebt.

»Ich weiß nicht, Josephine. Ich glaube, das Leben ist eher so banal wie eine Fernsehserie.«

»Ich mag keine Fernsehserien. Außer »Denver«, das mochte ich immer ganz gern.«

»Na, siehst du.«

Josephine lacht. Ein Lachen, das nicht zu ihren Falten paßt, aber in diesem Stil lacht sie, seit ich sie kenne, und ich glaube nicht, daß sie es sich je abgewöhnen wird.

»Ich habe ganz vergessen, dir etwas zu zeigen«, sagt Josephine auf einmal. Unter einem Stapel von ausgeschnittenen Artikeln holt sie eine Fernsehzeitschrift hervor. Auf einer Seite sehe ich ein Foto von mir, darunter steht in dicken schwarzen Lettern: WIRD DIE STARKE CANDIDA BEI HERZENSBRECHER FERNAND LABRICE DOCH SCHWACH?

»Ich glaub, ich spinne.«

»Du kannst es mir ruhig sagen, Candida«, kichert Josephine.

»Ich ... das gibt's doch nicht ... nein, da lief nichts mit uns. Ich finde es nur so komisch, daß über mich ... ich meine ...«

»Bist du okay?«

»Ja, ja ... natürlich«, sage ich, aber ich kann fühlen, daß ich blaß bin. Ich fühle mich so elend, als müßte ich mich jeden Moment übergeben.

Das Schlimme dabei ist, daß die Journalisten ja nicht alles völlig erfunden haben: Es hätte etwas zwischen uns passieren können. Tatsache ist aber, daß nichts passiert war. Vielleicht ist das einfach das unheimliche Schicksal berühmter Menschen. Sie leben in virtuellen Realitäten, in denen nicht nur das, was sie tun, sondern auch das, was sie eventuell tun könnten, auf Papier zur geschriebenen Wirklichkeit wird.

»Also, wenn dir dieses ganze Fernsehzeug zu dumm wird, dann hör einfach auf damit. Trink mindestens zwei Liter Wasser pro Tag und angle dir einen reichen Mann, den du heiraten kannst, dann kann dir nichts mehr passieren.«

»Ja ...«, sage ich langsam, »vielleicht hast du recht.«

An einem Kiosk kaufe ich mir die Zeitschrift, auf der auf Seite zwei mein Foto abgedruckt ist. Eine schöne Frau mit hochgesteckten Haaren und einem glücklichen Lächeln. Das also bin ich, sage ich zu mir. Es gibt mich. Es gibt mich zu Hunderttausenden von Exemplaren, sichtbarer, greifbarer und echter, als es mich je gegeben hat. Materialisiert durch Hochglanz, der endgültige Beweis meiner Identität. Und doch muß ich immer wieder diese Verbindung schaffen, muß mir immer wieder sagen, daß diese schöne Frau auf dem Foto ich bin. Ich sage mir, daß ich stolz darauf sein müßte, aber so ganz kann ich mich davon nicht überzeugen.

Als ich nach Hause komme, rufe ich Ingrid an. Sie hat natürlich von dem Zeitschriftenartikel gewußt.

»Ach, das ... ja, das ist eine ganz gute Idee, nicht? Hat gut eingeschlagen, was?«

»Wie bitte? Du meinst, du hast davon gewußt?«

»Davon gewußt? Das Ganze war sogar meine Idee. Hör mal, Candida, das ist doch unglaublich, daß die Leute sich so für dich interessieren. Und das nach erst ein paar Folgen von ›Ein Fall für Vera‹. Ich finde das geradezu phänomenal.«

Aus dem mulmigen Gefühl im Magen ist mittlerweile ein dumpfes Drücken geworden. Ich fühle mich verraten, aber ich weiß nicht, was ich dagegen unternehmen soll.

Den Rest des Tages verbringe ich im Bett. Ich habe Bauchweh, und morgen ist das Fernsehinterview. Ich nehme ein paar Aspirin und verkrieche ich mich unter meine blaue Decke. Um mich herum wächst das Chaos. Da ich ständig am Drehen bin, komme ich gar nicht mehr zum Aufräumen. Wenn Lily meine Wohnung sehen würde, bekäme sie einen Herzanfall. Ihr Spiegelpalast ist immer perfekt. Ihre Wohnung ist ihre Kulisse, die Requisiten sind ihr Schutz. Die italienischen Designermöbel, die Uhr von Cartier und das Kostüm von Armani, die Zitronenpresse von Philippe Starck. Selbst in der Küche ist sie abgesichert, schließlich kann man ja nicht wissen, wann und wo Selbstzweifel auftauchen können. Deshalb heißt es gewappnet sein. Jedem Argument sofort einen Gegenbeweis liefern. Ich werde alt? Und was ist dann mit diesem Kleid hier von Donna Karan, das sonst nur junge Models tragen? Was ich mit meinem Leben gemacht habe? Sind diese Bauhaus-Möbel etwa nichts? Das Anerkannte macht unantastbar. Über jeden Zweifel an sich selbst erhaben. Mit teuren Dingen ausgestattet, erzählt ihre Wohnung unaufhörlich das Märchen vom »guten Leben«, in dem die Helden so viel Stil, Klasse und Eleganz haben, daß sich die Drachen überhaupt nicht mehr hertrauen.

Daran, wie wenig ehrfurchtsvoll die Drachen in meiner Wohnung wären, möchte ich lieber nicht denken, und so schließe ich die Augen und warte auf den Schlaf, der kommt und mich in seine Tiefen reißt, in denen es weder Drachen noch Fernsehshows gibt, sondern nur Meere aus Lust und dunklen Ahnungen, auf denen ich segle, allein und ohne Publikum.

7

Im Studio ist es heiß. Heißes weißes Licht von den Scheinwerfern, das von den schwarzen Kulissen aufgesogen wird. Ich sitze in einem langen schwarzen Seidenkleid und goldenen Ohringen auf dem Stuhl, auf dem mich Fiona Wallberg gleich interviewen wird.

Die Frau von der Maske pudert mein Gesicht, während sie an etwas anderes denkt. Ich habe bestimmt schon zehn Schichten drauf, aber sie macht immer weiter. Sie hört gar nicht auf, vielleicht will sie mich hinter *Chanel Teint de Crème Parfait* einfach wegpudern. Ich würde verschwinden zusammen mit einem Karnickel und einer Taube und irgendwo an der Freiheitsstatue wieder herauskommen. Dann müßte ich wenigstens nicht hier in diesem unbequemen Stuhl sitzen und Angst haben, daß sich unter meinen Achselhöhlen Schweißringe bilden, die jeder Fernsehzuschauer durch mein Seidenkleid bewundern kann. (»Mensch, schau mal, die Candida, die schwitzt ja wie ein Schwein.«)

»Kann ich mal 'ne Zigarette haben?« frage ich die Maskenfrau.

Eigentlich rauche ich nur bei ganz seltenen Anlässen,

etwa wenn ich zuviel getrunken habe oder mal ausgesprochen übermütig bin. Jetzt bin ich zwar weder betrunken noch besonders übermütig, doch vielleicht hört sie ja dann endlich auf, mich einzupudern.

»Tut mir leid, ich rauche nicht. Außerdem geht's gleich los.«

Ihre Stimme klingt nicht sehr freundlich. Wahrscheinlich mag sie mich nicht besonders. Kann ja sein. Was soll's, mir ist es egal.

Verdammt noch mal, ich spüre, wie mir eine Schweißperle langsam und genüßlich den Rücken runterrinnt. Meine Wangen werden heiß. Jetzt bin ich dankbar für den Puder. So wird man wenigstens nicht sehen, wenn ich rot werde.

»Es geht gleich los, meine Damen und Herren.«

Der Aufnahmeleiter sieht aus wie ein blonder Playboy. Er hat eine lange blonde Strähne, die er immer wieder aus dem Gesicht schiebt, und knallweiße Zähne. Wahrscheinlich falsch. Die Zuschauer starren ihn an, was er zu genießen scheint. Er tut so, als sei er wahnsinnig wichtig. Dann dreht er sich zu mir um und lächelt mich mit einem nur für die Stargäste reservierten Lächeln an.

»Alles klar, Candida?« fragt er etwas leiser.

Das Privileg einer Intimität, die Solidarität der wissenden Showbiz-Leute, die auf dem Set sind, im Gegensatz zu den unwissenden Zuschauern dahinter.

»Ja, natürlich«, sage ich und lächle zurück, als ob ich mit ihm flirten wollte. Ich will es nicht, aber irgend etwas zwingt mich dazu, ist stärker als ich, wahrscheinlich ist es mein Kleid, das sich um meine Rundungen schmiegt. Oder die rote Farbe meines Lippenstifts. Ich will nicht mit dir flirten, du Arsch! Aber er lächelt glücklich, bestätigt in seiner Wichtigkeit.

»Noch fünf Minuten!« höre ich irgend jemanden

schreien. O je, warum bin ich nicht bei mir daheim im Bett mit einer Scheibe Knäckebrot? Knäckebrot mit Gouda oder mit Büffelmozzarella oder mit Schafskäse oder Gorgonzola oder Emmentaler oder ...

»Hallo, wir hatten eben nicht viel Zeit zu reden, ich hoffe, Sie fühlen sich wohl hier.«

Fiona Wallberg, die tolle, schlagfertige, hübsche Fiona Wallberg hat sich schwungvoll in den Sessel neben mir gesetzt, der übrigens viel bequemer aussieht als meiner. Wahrscheinlich ist das reine Absicht.

»Aber natürlich«, hauche ich mit einer verführerischen Stimme, die ein paar Tonlagen tiefer liegt als meine Alltagsstimme und die ich mir sonst immer nur für Männer aufhebe.

»Ist alles klar mit dem Mikro?«

»Noch vier Minuten!«

Auf einmal sind wir von vier Leuten umringt, eine letzte Schicht Puder für mich, einen letzten Pinselstrich Lippenstift, dann greift mir jemand ans Dekolleté, um sicherzugehen, daß mein Mikro noch dran ist. Ich weiß gar nicht, wessen Hand das ist, aber ich lasse es geschehen.

»Und ... Kamera läuft, wir sind auf Sendung!«

Fiona: »Wir alle haben seit ein paar Monaten die charmante und intelligente Vera kennen- und liebengelernt. Vera hat sich ja innerhalb nur weniger Folgen regelrecht in die Herzen der Fernsehzuschauer gespielt. Wie kommen Sie mit diesem phänomenalen Erfolg zurecht, hatten Sie so etwas erwartet?«

Candida: »Nun ja, Fiona, um ehrlich zu zu sein« (kurze Pause, leicht ironisches Lächeln), »kam das Ganze ziemlich überraschend. Ich hatte zunächst nicht einmal daran geglaubt, daß es wirklich ich war, die diese Rolle bekommen würde. Das allein war schon so eine Riesenüberraschung und ... natürlich hat es mich gefreut.«

Fiona: »Sagen Sie, was ist an den Gerüchten dran, denen zufolge es zwischen Ihnen und dem bekannten Fernsehstar Fernand Labrice auf dem Set gefunkt haben soll?« (Kleines gespieltes Lachen von Fiona plus ein »Sie-müssen-nicht-wirklich-darauf-antworten-Zwinkern«.)

Candida: »Ich fürchte, ich muß Sie da leider enttäuschen, das einzige, was wirklich gefunkt hat, waren die Walkie-talkies am Set.«

Lachen im Publikum.

Die ersten Minuten überstehe ich problemlos. Ich spüre die trockene Studioluft auf den Lippen, mit denen ich Worte forme, sorgfältig wie ein Schmied sein heißes Eisen. Ich hebe meinen Kopf leicht an, weil ich weiß, daß ich so besser aussehe, und versuche meinen Mund nicht zu verkrampfen. In meinem Kopf habe ich eine innere Kamera, mit der ich genau verfolgen kann, was ich mache und wie ich aussehe. In jedem Moment.

Fiona: »Meine sehr geehrten Damen und Herren, wir unterbrechen an dieser Stelle mit einer kurzen Werbepause, bitte bleiben Sie dran bei ›Stunde der Wahrheit‹. Es geht gleich weiter.«

»Und danke!« schreit der Playboy von der Aufnahmeleitung. Fionas Lächeln verschwindet augenblicklich aus ihrem Gesicht; sie beginnt, einen Kameramann zu beschimpfen, sieht furchtbar entnervt aus.

Ich schließe meine Augen und lasse mir von der Maskenbildnerin den Schweiß mit einem Tuch abtrocknen.

»Sie sind ja völlig verschwitzt.« Ich grabe meine Fingernägel in die kleinen Fettpölsterchen an meinem Bauch, blicke auf Fiona, die wild gestikuliert, aber ich höre sie nicht mehr. Dies ist einfach nur ein weiterer Dreh: Ich gebe mein Filmgesicht her, alles ist unwirklich, und nachher darf ich nach Hause gehen und mir sagen, daß das alles hier nie wirklich passiert ist.

»Es geht gleich weiter, noch zehn Sekunden, neun, acht, sieben ...«

Fiona: »Für alle Fernsehzuschauer, die erst jetzt eingeschaltet haben: Wir haben heute abend die beliebte Schauspielerin Candida aus ›Ein Fall für Vera‹ hier zu Gast bei uns im Studio. Candida, wie wird es denn nach den dreizehn Folgen weitergehen? Werden Sie weiterhin als Vera im Gerichtssaal für Recht und Ordnung sorgen?«

Candida: »Nun ja, wenn den Produzenten nicht etwas Besseres einfällt, dann werden Sie alle noch etwas länger mit meinem Bild auf dem Fernsehschirm leben müssen.«

Gelächter im Publikum.

Fiona: »Candida, wie sieht denn eigentlich Ihr Leben außerhalb des Films so aus?«

Candida: »Ein Leben außerhalb des Films? Sie meinen, wenn ich mal ausnahmsweise nicht in wallendem schwarzem Talar durch irgendwelche Gänge im Justizpalast eile?« Kleines Gelächter. »Nun ja, wissen Sie, ich nehme an, ich tue das, was andere Menschen auch tun. Ich gehe in den Supermarkt und kaufe Joghurt, ich gehe ab und zu in ein Sportstudio, ins Kino – eben das, was andere Menschen auch tun ...«

(Das mit dem Sportstudio ist mir so rausgerutscht, ich hoffe, das kontrolliert niemand.)

Fiona: »Sie sind so wunderbar bescheiden geblieben. Hat Sie der Erfolg denn gar nicht verändert?«

Candida: »Wissen Sie, ich kann es irgendwie immer noch schwer glauben, daß ich ... na ja, daß ich ein bißchen bekannt geworden bin ... ich meine, die meiste Zeit bin ich am Set, manchmal zwölf Stunden am Tag, und dann komme ich nach Hause und ...«

Ich weiß nicht mehr, was ich sage, ich muß die Kurve kratzen, ich spüre, wie meine Stirn rot anläuft, daß meine Oberschenkel zu dick sind, ich glaube, mein Mikro verrutscht ...

Fiona: »Candida, wir danken Ihnen sehr für Ihre Offenheit und Ihre Zeit und wünschen Ihnen viel Glück und Erfolg für Ihre weitere Laufbahn. Und Ihnen, liebe Fernsehzuschauer, wünschen wir noch eine gute und erholsame Nacht.«

Fiona lächelt in die Kamera Nummer drei, bei der das rote Lämpchen an ist, und ich folge ihrem Beispiel. Dann setzt Musik ein.

»Und danke, das war's. Super!«

Ein kurzes Lächeln von Fiona, dann ein kurzer Händedruck. Das war alles.

Nichts wie weg hier.

»Candida, hat Sie der Erfolg verändert?« – »Wie sind Sie so bescheiden geblieben?« – »Wie geht es jetzt weiter?« Die Banalität und Sinnlosigkeit der Fragen hallt noch in meinem Kopf nach.

Endlich zu Hause angekommen, stürze ich mich auf das Knäckebrot. Nach den ersten vier Scheiben geht es mir besser. Mit einfachem, billigem Essen fühle ich mich sicher. Ich habe meine dicken grauen Socken angezogen und sitze auf dem Bett. Unwillkürlich fällt mein Blick auf den großen Spiegel, der gegenüber vom Bett an der Wand hängt. Ich schrecke zusammen: Ich habe vergessen, die Fernsehschminke abzunehmen, und mein hochgestyltes, professionelles Gesicht sieht mit den grauen Bergwandersocken und dem blauweißgestreiften Pyjama mit den Edelweißblümchen einfach grotesk aus. In meiner Hand halte ich mein fünftes Knäckebrot. Wenn das die lieben Fernsehzuschauer sehen könnten.

»Candida, Gerüchten zufolge sollen Sie sich jede Nacht mit Knäckebrot und Tortenbrie in Ihrem Bett verschanzen, stimmt das?«

»Ich weiß nicht, wie Sie darauf kommen, liebe Fiona, aber das stimmt tatsächlich, nur ist es nicht immer Tortenbrie, ich esse auch ab und zu Emmentaler oder Gouda ...«

Gelächter im Publikum.

»Erzählen Sie uns mehr darüber!«

»Ich komme meist ziemlich spät nach Hause und habe bis dahin keine Zeit gehabt, mir etwas zu kochen. Ich schlüpfe dann einfach in meine dicken Fernsehsokken und verkrieche mich ins Bett, das gibt mir so ein Gefühl von Sicherheit und Geborgenheit, nehme ich an.«

»Glauben Sie, daß Sie in Ihrer Kindheit nicht genug davon bekommen haben?«

»Nun ja, Fiona, das ist eine schwierige Frage ...«

»Dann verraten Sie doch einfach nur unseren lieben Fernsehzuschauern, was Ihre Lieblingsknäckebrotmarke ist.«

Kleine nachdenkliche Pause.

»Nun, es nicht nicht leicht, auf diese Frage zu antworten ... aber ich würde sagen Wasa. Wasa mit Roggen. Oder Haferflocken. Hat nur vierundfünfzig Kalorien und viel Vitamin B.«

»Candida, wir danken Ihnen für Ihre Ehrlichkeit.«

In der Nacht träume ich davon, daß ich in einem Swimmingpool schwimme. Plötzlich taucht Paul neben mir auf. Er hat eine Pistole in der Hand, mit der er auf mich zielt. Ich habe auch eine, aber ich schieße nicht. Das Wasser vor mir färbt sich rot. Er muß mich getroffen haben, aber ich spüre keinen Schmerz. Ich beschließe, mich totzustellen. Ich lasse mich auf dem Rücken vom Wasser tragen und hoffe, daß Paul verschwinden wird. Als ich glaube, daß mein Trick funktioniert hat, taucht er auf einmal neben mir auf. Er ist nur einen Zentimeter weit von mir entfernt, und ich kann seinen Atem auf meinem Gesicht spüren.

Er riecht nach Bier. Selbst in meinem Traum. Dann wache ich auf.

8

Heute ist drehfreier Tag. Ich rufe Josephine an, die aber zu einem Brunch in irgendein Schloß eingeladen ist.

»Möchtest du mitkommen?« fragt sie.

»Nein, nein«, antworte ich schnell.

Ich war schon einmal mit Josephine auf einem dieser Brunches gewesen, es war der langweiligste Vormittag meines Lebens, vier Stunden lang mußte ich mit einem österreichischen Grafen über die Vorzüge von Privatschulen in England diskutieren.

»Ich habe letzte Nacht nicht besonders gut geschlafen, weißt du.«

»Schon verstanden«, sagt Josephine. Zumindest ist sie nie nachtragend.

Kurz darauf ruft Lily an, ob wir nicht zusammen Mittag essen können. Ich höre mich ja sagen, obwohl ich eigentlich gar keine Lust dazu habe. Als ich aufhänge, ist es zu spät. Wir sind verabredet. Um halb eins bei »Carducci«. Natürlich weiß ich, daß meine Mutter mindestens eine halbe Stunde zu spät kommen wird, denn sie kommt grundsätzlich zu spät. Ich weiß nicht, ob ihr irgend jemand einmal gesagt hat, daß es schick ist, zu spät zu kommen, jedenfalls tut sie es. Ich weiß, ich könnte einfach auch später kommen, aber irgend etwas hindert mich daran. Zu all meinen Verabredungen mit ihr komme ich nicht nur pünktlich, ich komme sogar immer zu früh. Ich ziehe mir mein verwaschenes Lieblingssweatshirt und meine Jeans an, dann laufe ich los.

Als ich kurz vor »Carducci« an einer Straßenampel anhalte, bleibe ich wie versteinert stehen. Auf der gegenüberliegenden Straßenseite steht ein Mann mit dem Rücken zu mir.

»O mein Gott, Paul«, durchfährt es mich. Das Herz klopft mir bis in den Hals. Was soll ich tun? Wohin kann ich fliehen? Wenn er sich umdreht, ist es aus. Er würde mich sehen, und es gäbe nichts, was ich machen könnte. In diesem Augenblick dreht er sich um. Er ist höchstens zwanzig und hat eine Knubbelnase. Es ist nicht Paul! Ich atme so stark durch, daß ich fast die Balance verliere.

»Carducci« ist um diese Zeit mal wieder gerammelt voll, aber meine Mutter hat es natürlich geschafft, auch ohne Reservierung den besten Tisch zu bekommen. »Du mußt nur mit den Leuten reden«, lautet ihr Standardsatz in solchen Fällen, und ich bewundere sie aufrichtig für ihre Durchsetzungskraft.

»Du siehst blaß aus«, sagt sie, gleich nachdem wir uns gesetzt haben.

»Danke«, antworte ich, »und wie geht es euch sonst so?«

Sie schaut mich mißbilligend an. (Natürlich gefallen ihr meine Jeans und mein verwaschenes Lieblingssweatshirt nicht.)

»Du verstehst mich nicht, ich sage das doch nur, weil ich mir Sorgen mache.«

(Meine Mutter macht sich grundsätzlich immer Sorgen über irgend etwas, was mich betrifft.)

»Du brauchst dir keine Sorgen zu machen, es ist alles in bester Ordnung, alles paletti, alles unter Kontrolle, okay?«

»Wie du willst. Aber du solltest dich ab und zu mal ein bißchen besser anziehen.«

(Habe ich es doch gewußt, daß sie sich nicht lange zurückhalten kann, einen Kommentar zu meiner Bekleidung abzugeben.)

Sie will Lachs, ich ein Omelett mit Steinpilzen.

»Bist du sicher, daß du nicht auch Lachs haben möchtest? Omelett kann man immer essen.«

Sie fängt an, mich zu nerven, wie immer, wenn ich länger als zwei Minuten mit ihr zusammen bin.

»Ich weiß, ich nerve dich«, sagt sie, als ob sie meine Gedanken gelesen hätte. »Du bist wie dein Vater.« (Sie nennt ihren Mann in meiner Anwesenheit ausschließlich »dein Vater«, wobei sie die Betonung immer auf »dein« legt.) Ich sehe, daß sie anfängt zu zittern, ihre Augen weiten sich, gleich wird sie zum Angriff übergehen. Ich kenne das. Nicht umsonst ist sie vom Sternzeichen Widder.

»Es ist schon okay, du hättest es mir gleich sagen müssen, daß du keine Lust hast, mit mir essen zu gehen.«

Statt ihr zu antworten, schaue ich mir die Dessertkarte an. Nach meinem Schock auf der Straße ist ein Streit das letzte, was meine Nerven gebrauchen können.

Walnußtraum (Pistazieneis, Schokosplitter, Vanillecreme mit gerösteten Mandeln, überzogen von Schokoladensauce), Himbeercharlotte (Biskuit mit Himbeermousse auf weißer Schneecreme), Tarte Tatin (benannt nach den Schwestern Tatin, die, vor lauter Aufregung, den König von Frankreich einmal bei sich zu Besuch zu haben, aus Versehen ihre Apfeltorte verkehrt herum gebacken haben). Was soll's, irgendwann muß ich ja doch wieder hochblicken.

»Es tut mir leid.«

Natürlich tut es mir leid. Es tut mir immer alles ein bißchen leid, wenn ich Lily sehe und mich immer wegen irgend etwas ein bißchen schuldig fühle. Selbst wenn ich weiß, daß ich keinen Grund dazu habe. Es ist nicht meine Schuld, wenn sie in ihrem Leben lieber selbst gesungen oder Theater gespielt hätte, es ist nicht meine Schuld, daß sie ständig Wutanfälle bekommt, und es ist auch nicht meine Schuld, wenn sie sich einbildet, es läge allein an ihr, das Leben aller Familienangehörigen zu managen und sich pausenlos Sorgen machen zu müssen. Es ist nicht meine Schuld, das weiß ich. Warum aber, um Himmels willen, fühle ich mich dann so? Ich blicke ihr in die Augen, richte meine stumme Frage an sie, die sie natürlich nicht beantworten wird und die sie wahrscheinlich nicht einmal ahnt, aber so ist das nun mal, und ich bestelle nun doch Lachs, weil ich ihr eine Freude machen will, und dann lasse ich mich einfach in den Stuhl fallen und höre zu, wie sie mir erzählt, was sie in den letzten Tagen so gemacht hat und was mein Vater ihrer Meinung nach noch alles machen sollte.

Nachdem wir uns voneinander verabschiedet haben, fühle ich mich wie betäubt. Ich versuche meinem erschlafften Körper wieder Leben einzuhauchen und mein ungewisses Leben wieder unter meine Kontrolle zu bringen. Ich gehe mit schnellen Schritten. Ich möchte meine Beine spüren, meine Arme, möchte die Luft in meinen Lungen fühlen und den Wind auf meinen Wangen, möchte spüren, daß ich am Leben bin und nicht vorhin unter den Blicken meiner Mutter irgendwo zwischen Lachs und einem Schluck Weißwein, den sie bestellt hat, verschwunden bin. Ich atme tief ein, und langsam spüre ich, wie wieder Leben in meinen Körper kommt.

»Ich bin Candida«, sage ich mir, als wäre ich erst jetzt aus einem Traum erwacht und müßte mich erst wieder daran erinnern.

So ergeht es mir oft, wenn ich mich mit meiner Mutter treffe. Sie fühlt sich blendend, und ich möchte mich am liebsten auf die nächste Couch legen und einschlafen. Auf diese Art habe ich meine ganze Pubertät verschlafen. Ich schlief in der Nacht, ich schlief am Nachmittag und manchmal auch in der Schule. Ich nahm mir ein Buch und vergaß meinen Körper einfach. Manchmal schrie er um Hilfe, wollte geliebt und berührt werden. Dann gab ich ihm Schokolade (Alpina mit Nuß, manchmal auch mit Rosinen) und warf ihm böse Blicke zu, und er rächte sich, indem er mir stolz seinen dicken Bauch zeigte, der alle meine Hosen sprengte, nur um zu sagen: »Siehst du, hier bin ich, du hast mich nicht ausradiert. Um mich kommst du nicht herum. Ich bin dein Fluch, dein fetter weißer Geist.« Und ich bestrafte ihn, indem ich zwei Stunden lang im Wald joggen ging, so lange, bis mein Kopf ganz rot wurde und ich vor Schweiß triefte und mich außer Atem an den Ästen vorbeikämpfte, die nach mir griffen wie in dem Märchen von Schneewittchen und mir meine Beine und meine Arme zerkratzten.

»Ich werde dich bezwingen«, sagte ich zu ihm. »Ich mach dich fertig.«

Und ich rannte weiter. Ein verrückt gewordenes Schneewittchen, das nun Jagd auf sich selbst machte und keine böse Hexe mehr brauchte.

Hey, Moment mal, sage ich mir. Immerhin bist du die

erfolgreiche Darstellerin von Vera! Vera, die Königin der Gänge und Kaiserin der Korridore des Justizgebäudes, Vera mit ihren beiden Staatsexamina in Jura und ihrem braunen Lederkoffer.

Nach ein paar hundert Metern in der kalten Luft gehe ich in das nächstgelegene Kaufhaus. Die Umwandlung muß mir gelingen. Zum Glück trage ich einen langen Mantel, und meine Haare sind frisch gewaschen. Mein Herz klopft, aber ich durchschreite das Parterre zum Aufzug, als sei das Kaufhaus mein Gerichtssaal, mein Reich. Ich spüre einige Blicke auf mir, aber ich sehe durch sie hindurch. Dann, im ersten Stock, schaue ich mir eine Bluse an. Eine Verkäuferin umkreist mich, aber ich werde sie reinlegen. Ich warte, bis sie den ersten Schritt macht.

»Kann ich Ihnen behilflich sein?«

»Haben Sie diese Bluse in Größe vierundvierzig?«

Ich vermeide es, ihr in die Augen zu sehen. Sie lächelt (immerhin habe ich eine teure Bluse gewählt). Sie hat blondgefärbte Haare und dünne Lippen, wahrscheinlich ist sie so um die Fünfunddreißig. Während sie mir die Bluse reicht, starrt sie mich an. Erwartungsvoll, fordernd.

Ich lächle. Hastig. Beinahe droht alles zusammenzubrechen.

»Dort drüben ist die Umkleidekabine«, sagt sie und zeigt nach hinten. Nun gibt es kein Zurück mehr. Ich spüre, wie der Schweiß mir langsam über den Rücken rinnt. Gleichzeitig sind meine Glieder wie abgestorben. Ich gehe wie in Zeitlupe auf die Umkleidekabine zu. Auf dem Weg dorthin schaue ich in keinen Spiegel. Meine Selbstsicherheit hat mich so schnell verlassen wie ein verschrecktes Kind. Dann endlich, vor dem Spiegel der Umkleidekabine, werde ich wieder ruhig. Ich atme ein, wische mir den Schweiß von der Stirn. Es ist alles in Ordnung. Vor mir sehe ich die Frau, vor der ich mich so fürchte, eine professionelle Schönheit, eine Frau, die dafür bezahlt wird, schön zu sein, schöner als andere Menschen. Eine Frau, die niemals rot wird, eine Frau, die keine Angst davor hat, eine Bluse zu wollen, ohne sich gleich dafür zu schämen. Jetzt gehört sie mir, ist mein, hier in dieser Kabine.

»Und . . . paßt es?« höre ich die Verkäuferin rufen.

Ich habe die Bluse nicht anprobiert. Ich muß sie nicht anprobieren, um zu wissen, daß sie mir viel zu groß ist.

»Nein«, antworte ich zögernd, »haben Sie die gleiche Bluse auch eine Nummer kleiner?«

Mein Triumph. Langsam reiche ich ihr die Bluse raus. Ich bestimme die Zeit jetzt. Als sie mir die Bluse in der anderen Größe bringt, beginnt mein Herz wieder zu schlagen. Größe zweiundvierzig. Das Licht hier ist gelblich und läßt mich aussehen wie ein Pfannkuchen. Auch meine Haare sehen gar nicht so toll aus, wie ich angenommen hatte. Die Bluse in Größe zweiundvierzig hängt noch immer dort, wo die Verkäuferin sie hingehängt hat. Was zum Teufel mache ich hier? Ich bin nicht schön, ich gebe vor, schön zu sein, was ein riesiger Unterschied ist. Und manchmal schaffe ich es auch, daß man mir das abnimmt, daß ich es mir sogar selbst abnehme. Ich habe keine Lust, aus der Umkleidekabine zu gehen. Es ist zwar keine ausgesprochen gemütliche Umkleidekabine, aber immer noch besser, als da wieder rauszugehen, raus zu den Blicken der Verkäuferin, raus zu den anderen Spiegeln da draußen, die noch nicht wie der Kabinenspiegel hier von mir domestiziert wurden. Ich kann schon die Schlagzeilen der Zeitungen von morgen sehen: SCHAUSPIELERIN CANDIDA AUS UMKLEIDEKABINE RAUSGEZERRT – SIE WEIGERTE SICH, WIEDER RAUSZUKOMMEN. *Vergangenen*

Dienstag wurde die beliebte Fernsehschauspielerin Candida W. völlig verstört in einer Umkleidekabine in einem Kaufhaus aufgefunden. Die Verkäuferin sagte, sie habe ganz normal nach einer Bluse in Größe vierundvierzig gefragt und sei dann in die Kabine gegangen. Als Candida Stunden später immer noch nicht rausgekommen war und nicht auf die Appelle der Verkäuferin reagierte, verständigte diese die Polizei. Ein Psychologe meint hierzu: »Es handelt sich hier ganz eindeutig um einen Hamletkomplex. Candida W. hat offensichtlich Probleme, mit ihrer Umwelt zurechtzukommen. Wahrscheinlich sind die Gründe hierfür in ihrer Kindheit zu finden. Ich würde ihr dringend eine Therapie empfehlen.«

»Kann ich Ihnen helfen?« höre ich auf einmal von draußen die Stimme der Verkäuferin. Vor lauter Schreck lasse ich fast die Bluse fallen.

»Nein, nein ... ich ... ich komme schon zurecht.«

Ich habe keine Lust auf einen Skandalartikel und noch weniger auf eine Psychotherapie, also gehe ich wieder raus, murmle irgend etwas von einer verkehrten Größe und flüchte aus dem Kaufhaus. Meine Haare sind zerzaust, und ich fühle mich unsichtbar, durchsichtig, als ob jede Frau mit ihrer Einkaufstüte und jeder Mann mit Mantel durch mich hindurchgehen könnte, ein entsetzliches Gefühl. Ist es das, was man als einen Panikanfall bezeichnet? Bleib ruhig, es wird alles in Ordnung gehen, versuche ich mich zu beruhigen. Aber um mich zu beruhigen, muß ich irgendwohin gehen, am besten in einen Raum, einen möglichst engen, der mich umschließt. Einen Moment lang überlege ich mir, wieder ins Kaufhaus zurückzukehren, in eine andere Umkleidekabine vielleicht, aber ich traue mich nicht. Was wäre, wenn mich die Verkäuferin dabei erwischen würde? Das nächste Kaufhaus ist zu weit weg, ich kann unmöglich so lange warten. Da fällt mein Blick auf eine dieser kleinen Paßfotokabinen, wo man sein Gesicht in vierfach lächelnder Ausfertigung nach nur fünf Minuten mit nach Hause nehmen kann. In meinem Geldbeutel krame ich verzweifelt nach Münzen. Gerettet! Ich habe alles, was ich brauche. Ich setze mich auf den Hocker, ziehe den Vorhang sorgfältig zu und werfe die Münzen ein. Jetzt brauche ich nur auf den erlösenden weißen Blitz zu warten, der mich wieder heil und ganz machen wird. Ich hebe meinen Kopf ein bißchen. Lächle. Ich tue, was ich kann. Dann blitzt es. Viermal. Jeder Blitz wie tosender Beifall. Nach dem vierten Mal bin ich völlig erschöpft. Ich lehne mich zurück, schließe die Augen. Ich könnte auf der Stelle einschlafen. Was ist bloß in mich gefahren?

Nach fünf Minuten fällt wie versprochen aus dem dampfenden Schlund des Fotodrachens ein rechteckiger Beweis meiner Existenz. Ich atme auf. Die Qualität ist zwar nicht hervorragend, aber ich erkenne mich.

Ich bin völlig erschöpft, aber ich schaffe es, mich nach Hause zu schleppen. Dann falle ich auf die Couch und schlafe ein.

Als ich wieder aufwache, habe ich Mühe, mich zu erinnern. Die Kaufhausepisode kommt mir vor wie ein Traum. Das kann doch nicht wirklich passiert sein, oder? Ich sehe mich vage in der Umkleidekabine, sehe mich hilflos auf der Straße umherirren. Aber neben mir liegen vier schwarzweiße Paßbilder, auf denen ich glücklich lächle, als wäre es mein Geburtstag. Also doch kein Traum.

Akt 3

9

»Möchten Sie auch einen Kamillentee? Der ist gesund.«

»Gesundheit macht krank! Also, ich werde gleich zur Sache kommen. Joe hat seine Beteiligung an der Dopingsache zugegeben. Sein Vertrag wird ausgesetzt. Aber nur für ein halbes Jahr, also so lange, bis Gras über die Sache gewachsen ist. So. Und jetzt möchte ich gerne wissen, wie zum Teufel Sie das hinbekommen haben. Wieviel haben Sie dafür bezahlt, Vera?«

Vera nach einer kleinen Pause:

»Sie werden es nicht glauben: Ein paar menschliche Worte wirken manchmal Wunder.«

Verschmitztes Lächeln der Staranwältin Vera, während sie sich ihren Mantel überzieht und ihre Tasche in die Hand nimmt. Sie dreht sich um und geht aus dem leeren Gerichtssaal.

»Und danke, das war's«, ruft Kai, der Regisseur. »Kinder, wir haben es geschafft.«

Die letzte Folge der Sommerstaffel ist soeben abgedreht worden.

»Das haben Sie wirklich fabelhaft gemacht, Candida«, höre ich auf einmal eine Stimme hinter mir.

»Ach, Herr Rosenwald, beehren Sie uns auch mal wieder?«

Der Produzent hatte sich nur äußerst selten am Set blicken lassen. Ich bin so übermütig, daß ich ihm einen kleinen Schubs gebe.

»Ja, ich komme, um Ihnen zu sagen, daß wir höchstwahrscheinlich im nächsten Jahr weitere Folgen drehen möchten – das heißt, das können wir natürlich nur, wenn Sie uns eine feste Zusage geben.«

»Mann, Rosenwald, ich habe gerade die letzte Folge abgedreht, da kann ich doch nicht gleich an die nächste denken.«

»Das sollten Sie aber, Candida, das sollten Sie. Rufen Sie mich an, wenn Sie sich entschlossen haben.«

»Ich verspreche es Ihnen.«

Ich schenke ihm ein Lächeln, dann gehe ich in die Maske, um mich abzuschminken.

»Ach, Candida, das ist immer so komisch, wenn so ein langer Dreh vorbei ist«, seufzt Beate. »Da arbeitet man über ein halbes Jahr zusammen, und dann ist auf einmal alles vorbei. Was werde ich denn jetzt ohne Vera machen?«

»Was werde *ich* erst ohne Vera machen, Beate?« antworte ich ihr, während ich das beigebraune Make-up schichtweise mit Nivea abnehme.

»Machst du weiter?«

»Das hat mich Rosenwald auch schon gefragt. Ich weiß nicht, ich habe noch nicht darüber nachgedacht.«

Das ist eine Lüge. Ich habe natürlich darüber nachgedacht, aber kann irgendwie zu keinem Ergebnis kommen. Natürlich könnte ich weitermachen. Es wäre ein leichtes, weiterzumachen. Zu leicht vielleicht. Was ist, wenn ich eines Tages gar nicht mehr ohne Vera auskommen könnte?

Ich stehe im kalten Licht der Garderobe vor dem Spiegel und wische mir den Lippenstift weg. Die ganze Last der vergangenen Monate ist auf einmal verschwunden. Ich sollte froh sein, jetzt ist Schluß mit dem täglichen Auswendiglernen der Dialoge, Schluß mit der Nervosität vor der ersten Szene des Tages, Schluß mit den Stellproben und den ewigen Kostümproben. Ab jetzt bin ich wieder frei. Kann mit meinen Tagen tun, wozu ich Lust habe. Ich sollte mich leicht fühlen, aber das tue ich nicht. Ein bißchen so, als wäre ich auf einer leeren Bühne, auf der die letzten Scheinwerfer ausgeschaltet werden.

Es erinnert mich daran, wie es war, nachdem ich das allererste Mal auf einer Bühne gestanden war. Ich hatte eine kleine Rolle im »Sommernachtstraum«. Nachdem die erste Vorstellung vorbei war und alle hinaus zum Premierenbüfett gestürzt waren, blieb ich allein zurück. Die kleine Holzbühne war leer, und außer einem Licht, das hinten in den Kulissen noch angeblieben war und den Saal nur spärlich beleuchtete, war es dunkel. Einsam lagen die Requisiten wie verlassene Marionetten auf der Bühne, und auf dem Boden glitzerten Goldstaub und künstlicher Efeu. Ich stellte mich in dem weißen Kostüm, das ich im Stück tragen durfte, in die Mitte der Bühne. Hier, vor nicht einmal einer Stunde, war ich vor den Augen der Zuschauer gestanden und hatte meinen Text aufgesagt. Auch meine Eltern waren im Publikum gewesen, und ich hatte mir während der ganzen Aufführung vorgestellt, wie sie in der ersten Reihe saßen und stolz mit glänzenden Augen ihre Tochter bewunderten. Der Applaus, der mich am Schluß wie eine warme Welle umspült hatte, war das Schönste gewesen. Der Applaus und das Rampenlicht. Wie hatte ich nur so lange ohne diese Dinge existieren können? Ich legte mich auf den schwarzen Parkettboden, streckte mich der Länge nach aus, nahm ein wenig Goldstaub zwischen meine Finger und rieb ihn auf meine Stirn. Dann versprach ich mir in der Dunkelheit, mein Leben diesem Licht zu widmen.

Dieses Versprechen habe ich nie ganz vergessen können, es hat in mir überlebt, ein bißchen so wie eine Pflanze, die aus einer Wunde entsteht und die in aller Stille weiterwächst.

Beate ist zu den anderen gegangen. Wahrscheinlich wird irgend so ein Fest veranstaltet, aber ich glaube, ich werde mich einfach durch den Hinterausgang verdrükken. In letzter Zeit habe ich überhaupt keine Lust auf Feste, und noch nicht einmal Lust, Raubtier zu spielen. Es kommt doch sowieso nur immer dasselbe dabei heraus. Irgend so ein Typ läßt sich von mir in mein Meer hineinziehen und am nächsten Tag wieder an den Strand spülen. Er wacht auf wie nach einem Kater, und ich gewinne. Es ist ein langweiliges Spiel. Langweilig, weil ich sichergehen kann, daß es immer nur einen Gewinner geben wird, nämlich mich. Außerdem kostet es mich immer größere Anstrengung, den Part der verführerischen Tigerfrau zu spielen. Die Dialoge werden allmählich zu abgedroschenen Phrasen, einer offensichtlichen Lüge – und dabei ist doch das Geheimnis eines erfolgreichen Schauspielers, daß seine Rolle nie völlig erlogen sein darf. Es war also Zeit aufzuhören. Zeit, allein zu bleiben. Ich packe schnell meine Sachen und renne raus.

Draußen beginnt es dunkel zu werden. Ich gehe an den beleuchteten Schaufenstern vorbei. Ein Schuhladen, eine Bäckerei, ein Stofftierladen. Vor dem Stofftierladen bleibe ich stehen. Lauter Nilpferde, Känguruhs und Stoffschlangen, die alle durch die Glasvitrine schauen. Wahrscheinlich hoffen sie dort heimlich auf bessere Zeiten. Ich muß an den kleinen Plüschkoala denken, den mein Vater mir eines Tages aus Australien mitgebracht hatte. Als ich ihn später verlor, war ich so verdammt unglücklich gewesen, daß meine Eltern schließlich für Kola (so hieß der Koala) eine Anzeige in der Zeitung aufgaben. Aber er wurde nie gefunden. Noch Wochen später weinte ich über meinen verlorenen Koala. Aber Tränen brachten ihn mir auch nicht zurück.

Dann laufe ich an einer Parfümerie vorbei und sehe mal wieder meine Parfumwerbung. Seit drei Wochen schon stolpere ich fast täglich über das Bild von *Just you*. Eine langbeinige blonde Frau mit blauen Augen, die in einem weißen Kleid inmitten einer Sandwüste steht und dem Horizont entgegenblickt. Wüstencandida sieht so stark aus. Wie eine Frau, die gut auf sich selbst aufpassen kann. Die Wüste ist natürlich nicht echt, das haben die mit so einer Computersimulation hingekriegt. Ich selbst bin noch nie in der Wüste gewesen, aber die hineingeschmuggelte Erinnerung beweist das Gegenteil. Ich versuche mir vorzustellen, wie es gewesen sein könnte, in der Wüste. Ein Meer aus schweren Sandkörnern, das sich in der trockenen Hitze um meine Fußgelenke geschlungen hatte. Vielleicht war ich ganz allein dort, vielleicht war aber auch der König der Wüste mit mir gekommen und formte aus dem Sand seine Worte, mit denen er mich verzauberte und mir ein Leben andichtete, in dem ich Schauspielerin bin und in Fernsehserien mitspiele und abends immer alleine in dicken Socken vor dem Fernseher sitze.

Bevor ich nach Hause gehe, hole ich mir ein tiefgefrorenes Salamibaguette für drei Mark fünfzig von der

Tankstelle gegenüber. Das werde ich mir reinziehen und dann am besten gleich ins Bett gehen. Morgen habe ich ein Interview. Da muß ich fit sein. Strahlend. Witzig. Schlagfertig und charmant. Stark wie Vera und bezaubernd wie die Wüstennymphe *Just you*.

Ich esse mein Salamibaguette, das mir überhaupt nicht schmeckt, und dann schaue ich mir das Fax an, das Ingrid mir für das morgige Interview geschickt hat. Vor jedem Interview, das ich gebe, schickt sie mir so ein Ding. Darin listet sie alle wichtigen Punkte auf, die ich auf jeden Fall versuchen sollte, in das Gespräch einzubauen. Ein paar Witze, ein paar Infos über mein Privatleben, die mich cool und gelassen erscheinen lassen sollen, dazu noch ein paar Dinge bezüglich zukünftiger Projekte. Ich lese sie mir gehorsam durch. Dann hebe ich meinen Kopf. Ich blicke geradewegs in die Augen von Wüstencandida. Gegenüber von meinem Bett, wo ich einen Spiegel angebracht hatte, ist jetzt Candida in der Wüste. Ich habe den Spiegel einfach vor ein paar Tagen mit dem *Just-you*-Poster überklebt.

In einem Film würde Wüstencandida bestimmt Besuch von einem Tuareg mit blauen Augen bekommen, der auf einem Pferd durch die Wüste geritten kommt. (Irgendwo hatte ich so etwas ähnliches schon mal im Fernsehen gesehen, aber ich konnte mich nicht mehr erinnern, wo.) Er würde sie mit Orangen überraschen, und sie würden gemeinsam in die Wüstensonne reiten, während langsam der Abspann abrollt. Gerade als ich dabei bin, mir die Schriftzüge des Abspanns vorzustellen, höre ich auf einmal eine Stimme.

»Candida, deine Traummannspinnereien sind einfach lächerlich.«

Es ist Wüstencandida. Irgendwie muß sie das mit der Tuareg-Phantasie mitbekommen haben.

»Wieso glaubst du, ausgerechnet ein Mann wäre

dafür bestimmt, dich aus deiner Einsamkeit zu reißen?«

»Ich ... ich ... tue ich ja gar nicht ...« versuche ich ihr zu antworten, aber sie weiß es natürlich besser.

»Ach, gib's doch zu ... du hast es langsam satt hier allein mit mir, du sehnst dich nach Liebe, du sehnst dich nach Nähe, du sehnst dich danach, verstanden zu werden ... Das ist ja alles ganz reizend, aber ich warne dich: Ich habe gefährliche Höllenhunde vor die Tore gestellt, die den Ausgang bewachen. Sie lieben dich und deshalb bewachen und beschützen sie dich, aber sie sind auch gefährlich. Hörst du sie knurren?«

»Welche Höllenhunde?« frage ich Wüstencandida leise. »Welche Höllenhunde, zum Teufel noch mal?«

Aber sie gibt mir keine Antwort, denn sie hat sich bereits still und stolz auf ihre unsichtbare Sandburg zurückgezogen.

10

Am nächsten Tag treffe ich mich in einem Café in der Innenstadt mit einer Journalistin. Ich habe nicht besonders gut geschlafen letzte Nacht. Im Traum mußte ich immer wieder ein Roastbeef an einen Tisch bringen, an dem meine Mutter saß, die mich ständig für die Dekoration des Tellers kritisierte.

»Du mußt den Brokkoli besser hinlegen und die Karotten hübscher arrangieren«, sagte sie, und ich verbrachte die ganze Nacht damit, zwischen Küche und Eßtisch hin- und herzurennen.

Die Journalistin ist ungefähr so alt wie ich und trägt ein gelbes Kostüm mit goldenen Knöpfen, das sie älter aussehen läßt, als sie ist. Ich habe Jeans und ein weißes T-Shirt an. Ich habe es zwar nicht absichtlich gemacht, aber wahrscheinlich verhalte ich mich dadurch sogar absolut PR-gerecht. Sagt Ingrid nicht immer: Je größer jemand ist, desto weniger Mühe muß er sich machen, um die anderen zu überzeugen? Wahrscheinlich sind wir sogar gleich alt und würden unter anderen Umständen zusammen Tennis spielen oder durch den Park radeln, aber statt dessen holt sie ihr Diktiergerät raus, und ich richte mich noch einmal auf, bevor es losgeht.

Sie bestellt ein Mineralwasser und ich, um nicht zu verfressen zu erscheinen, einen Salat. Dann fragt sie mich, wie es jetzt weitergeht, was meine Pläne sind, was ich gerne zum Frühstück esse, was für mich die wichtigsten Dinge im Leben sind und was ich für ein Sternzeichen bin. Ich antworte ihr zwischen Gurken und grünen Salatblättern, daß ich nicht wisse, wie es weitergehe, daß ich morgens gerne Joghurt mit Früchten esse, Fisch bin und immer noch herauszufinden versuche, was für mich die wichtigsten Dinge im Leben sind.

Zum Schluß lachen wir zusammen, sie ist happy, daß ich so relaxed bin, ich bin happy, daß sie mich nichts zu Ausgefallenes gefragt hat. Dann ist sie irgendwann fertig und schaltet das Diktiergerät aus. Sie verabschiedet sich, und ich fange langsam an, mein hochgefahrenes Lächeln wieder runterzufahren. Das hätten wir.

Nachdem sie gegangen ist, bestelle ich mir noch eine Portion Spaghetti Carbonara, weil ich im Grunde verdammt hungrig bin und den lächerlichen Salat nur für das Interview bestellt hatte, um irgendwie cool und raffiniert zu wirken.

Als ich gerade nach der Gabel greife, spüre ich, wie mich jemand in den Arm pikst.

»Hallo, kann ich mal 'n Autogramm haben?«

»Wie bitte?«

Vor mir steht mit zerzausten Haaren, in einem schlabbrigen Regenmantel ein Mann, der mich mit grünen Augen anschaut.

»Ich kenn Sie doch«, sagt er und pikst mich noch einmal in meinen Arm.

»Lassen Sie das gefälligst, hören Sie auf, mich anzufassen!«

»Ich hab Sie doch gar nicht angerührt, Sie Kuh! Ich will nur ein Autogramm von Ihnen.«

»Ich bin nicht die, die Sie suchen!« schreie ich den Mann an, der überhaupt keinen Abstand von mir genommen hat, sondern im Gegenteil sein Gesicht immer näher an meines rückt. Am liebsten möchte ich weglaufen, aber ich bin wie gebannt, und so starren der Mann und ich uns eine Weile an. Er bricht den Bann als erster.

»Also, was ist jetzt? Krieg ich mein Autogramm, oder was?«

Er ist genau vor mir, versperrt mir den Weg. Was will dieser Typ von mir, ich kenne ihn nicht einmal.

»Lassen Sie mich in Ruhe«, sage ich gefährlich leise.

Dann beugt er sein Gesicht langsam zu mir. Ich bin kurz davor loszuschreien, aber dann höre ich auf einmal die Stimme Wüstencandidas: »Was soll das? Wehr dich, zum Teufel.« Ich schrecke auf, greife nach meiner Gabel und ramme sie dem Typ in den Arm. Er schreit laut auf und läuft davon.

»Gut gemacht«, zischt Wüstencandida von irgendwoher.

Ich kann gar nicht glauben, daß ich dem Typ in den Arm gestochen habe. »Kannst du das glauben?« frage ich Wüstencandida. »Kannst du das glauben?«

Aber sie ist verschwunden, das Echo ihrer Stimme wie eine Halluzination.

Mein Hunger auf Spaghetti ist mir jedenfalls vergangen. Außerdem zittern meine Hände. Nichts wie raus hier.

Als ich zu Hause ankomme und dabei bin, meine Tür aufzuschließen, bekomme ich einen Stoß in meine Rippen. Ein Mann hat sich von rechts auf mich gestürzt, und links steht auch jemand ganz dicht bei mir. Mein erster Gedanke ist, daß dies der Autogrammjäger von vorhin ist. Er ist gekommen, um sich zu rächen, er will mich zusammenschlagen, mich umbringen.

»Tut mir leid, Candida. Ich bin ausgerutscht.«

Der eine Mann fängt sich wieder und holt auf einmal eine Fotokamera aus einer Tasche. Der Mann links von mir hat einen Notizblock gezückt.

»Ich bin vom »Silbernen Blatt«. Haben Sie ein paar Minuten Zeit für unsere Leser?«

»Was zum Teufel ...?«

»Candida, schauen Sie hierher!«

Es blitzt. Die Fotokamera des einen Typen glotzt mir direkt ins Gesicht. »Hey!« schreie ich.

Mein Schlüssel steckt noch immer im Schloß. Ich fange an, hektisch daran zu rütteln. In meiner Panik schaffe ich es nicht, die Tür aufzukriegen. Warum habe ich nur keine Gabel dabei?

»Nur ein paar Minuten, Candida! Unsere Leser hätten gern gewußt, ob es wahr ist, daß Sie nicht mehr bei Deutschlands Erfolgsserie weitermachen wollen? Gerüchten zufolge sollen Sie sich mit dem Produzenten Rosenwald verkracht haben – hey Alex, mach noch mal ein Bild von vorn.«

»Versuch ich doch, Marco.«

»Also, was ist dran an diesen Gerüchten?«

Scheiße! Ich halte meinen Kopf nach unten, die Arschlöcher sollen mich nicht noch mal ablichten können. Endlich springt die Tür auf. Ich spüre, wie mich der andere Typ am Arm berührt.

»Rühren Sie mich nicht an, Sie Arsch!«

Ich fühle mich wie ein Tiger im Käfig. Ich schlage um mich, entwische und schlüpfe durch die geöffnete Tür, die ich laut hinter mir zuschlage. Geschafft! Dann renne ich mit rasendem Herzen zum Aufzug. Verdammt noch mal, wo sind die Typen denn auf einmal hergekommen? Wahrscheinlich bohren sich Paparazzi immer unterirdische Geheimgänge, aus denen sie dann wie unheimliche Dämonen an die Erdoberfläche gelangen.

In meiner Wohnung angelangt, erwartet mich prompt Ingrids Anruf.

»Candida, wo warst du denn? Ich versuche seit Stunden, dich zu erreichen. Was um Himmels willen ist denn los?«

»Das fragst du mich? Ich würde das gerne von dir wissen. Eben wurde ich von zwei rasenden Reportern vom ›Himmlischen Blatt‹ oder so ähnlich halb umgehauen.«

»Ach, wirklich? Das ist doch toll!«

»Ja, super. Ich hab gedacht, die wollen mich ausrauben.«

»Candida, du machst das alles wundervoll! Rosenwald war ziemlich bedrückt, daß du ihm für weitere Folgen keine klare Zusage gegeben hast. Na ja, und als du dann nicht zur Abschlußfeier gekommen bist, war der Skandal natürlich perfekt.«

»Der Skandal? Ich wußte gar nicht, daß es eine so große und wichtige Abschlußfeier geben würde. Ich hab mir gar nichts weiter dabei gedacht, daß ich durch die Hintertür ...«

»Mach dir keine Sorgen, Candida, das hast du ganz toll gemacht. Ich als deine PR-Beraterin hätte dir nichts Besseres raten können. Jetzt lassen wir sie noch ein paar Tage lang zappeln, und dann schlage ich die beste Gage für dich raus, die je ein Künstler für eine Fernsehserie bekommen hat.«

»Aber ...«

»Laß mich nur machen, Candida, laß mich nur machen ...«

Dann legt sie auf, ohne daß ich ihr vorher klarmachen konnte, daß meine Zögern Rosenwald gegenüber und das Schwänzen der Abschlußfeier meinerseits nicht als ausgeklügelte Strategie für eine höhere Gage gedacht war, sondern einfach nur so passiert war. Außerdem hatte ich wirklich noch keine Ahnung, ob ich weiterhin Vera bleiben wollte.

Für die Abendsendungen im Fernsehen ist es noch zu früh, außerdem muß ich mich noch mit Knäckebrot eindecken, und ein paar Orangen hätte ich auch gerne. Ich ziehe mich wieder an und gehe nach unten. Doch kaum bin ich unten angelangt, sehe ich an der Tür immer noch die beiden Typen stehen. Alex und Marco haben sich an die Tür gelehnt und essen Sandwiches. Das darf doch nicht wahr sein!

Ich fahre runter in den Keller und komme durch die Tür vom Fahrradkeller nach draußen. Langsam entwickle ich mich zum richtigen Hintertürspezialisten. Im Supermarkt erwartet mich das vertraute Neonlicht. Ich rausche an der Backwarenabteilung vorbei, vorbei an den Eiern, vorbei am tiefgekühlten Spinat, Rotkohl und Brokkoli. Ich liebe Supermarktgänge. Alles liegt da, bereit, erwählt und aufgehoben zu werden. Es genügt, eine Wahl zu treffen, auszusuchen, was man will, und man bekommt es, im Supermarkt ist jeder König, ein herrliches Gefühl. Beim Knäckebrot schnappe ich mir mein Wasa Vollkorn. Dann hole ich mir noch ein Stück Emmentaler und einen Sack mit Orangen.

Während ich an der Kasse stehe, starre ich auf das Fließband, auf dem Existenzen von völlig fremden Menschen bloßgelegt werden. Ich brauche nur genau hinzuschauen, und schon kann ich mir ausmalen, wer sie sind und wie ihr Abend aussehen wird. Das erste Band ist ganz einfach: Babywindeln, Honig, Spekulatiusgebäck, Haselnüsse, Joghurt, Zigaretten. Eine gestreßt aussehende Frau packt die Sachen in einen Korb. Eindeutig alleinerziehend (kein Bier für einen potentiellen Gemahl), vielleicht mit Kalziummangel (Joghurt), sie wird das Kleine ins Bett bringen, etwas arbeiten, irgendeine intellektuelle Tätigkeit (Haselnüsse – gut fürs Gehirn), dann wird sie sich eine Zigarette anzünden, sich nach einer richtigen Familie sehnen und dabei Spekulatius essen.

Der nächste Einkäufer ist ein Mann, vielleicht um die Siebzig. Er kauft zwei Flaschen Sekt, Chips, Quark und zwölf Eier. Vielleicht seine Geburtstagsfeier – Sekt und Chips zum Aperitif, Omelett als Hauptgericht und zur Nachspeise Quark. Gäste werden keine kommen. Ich kann ihn förmlich in seiner Küche sitzen sehen, seine Einsamkeit hat er in zwei Flaschen billigem Sekt ertränkt, seine Verzweiflung in die weißen, cremigen Schichten des Quarks eingepackt, die schreiende Langweile seines Daseins, so regelmäßig und banal wie ein Dutzend Eier in einem braunen Karton. Ich schaue weg, manchmal kann diese Raterei einen richtig traurig machen.

Mein Blick wandert hin zu den Süßigkeiten, den Zigaretten und den Zeitungen, die an der Kasse ausgestellt sind. Auf der ersten Seite einer dieser Fernsehzeitungen hält mein Blick an: DAS AUS FÜR VERA? NIE MEHR EIN FALL FÜR VERA? CANDIDA W. BRÜSKIERT FERNSEHTEAM UND PRODUZENTEN. Darunter ein Foto von Vera, mit halb geöffnetem Mund. Sie versucht etwas klarzumachen, aber das Foto hat ihre Erklärung eingefroren, ihre Worte bleiben irgendwo im Papier stecken, das, was sie sagt, ist nicht zu sehen, nicht zu hören. Sie haben ihr keine Chance gelassen. Ich wünschte, ich könnte diese gräßlichen Fotos aus diesen Magazinen verschwinden lassen. Wenn auch nur ein Stückchen Wahrheit an diesem Glauben der Hopi-Indianer ist, daß mit jedem Bild, das von dir gemacht wird, auch ein Stück deiner Seele verschwindet, wäre nicht einmal mehr der Teufel an einem

Deal mit mir interessiert, wenn er sehen würde, wie wenig Seele er von mir durch einen Handel bekommen würde.

Ich wende mich ab, tue so, als ob ich mit der Frau dort auf dem Foto nichts zu tun habe, als ob sie nur eine Fiktion wäre, eine Filmfigur, eine ersponnene Geschichte. »Man darf nicht immer an all das glauben, was geschrieben wird«, hatte meine Großmutter immer gesagt. Recht hat sie. Ich schaue präzise an Vera vorbei, lese zum fünften Mal die Warnung des Bundesgesundheitsministers auf der Marlboro-Packung und lege meine Knäckebrote aufs Band. Dann sehe ich, wie ein paar dicke weiße Wurstfinger nach der Fernsehzeitschrift mit Vera greifen. Ich werfe einen vorsichtigen Blick nach hinten. Hinter mir steht eine etwas ältere Dame mit schlecht übermalten Augenbrauen und fettigen Haaren, die vergeblich hinter einem rosa Kopftuch versteckt sind. Gierig blättert sie in der Zeitschrift. Dann hebt sie ihre Augen und schaut mir geradewegs ins Gesicht. Sie sieht aus wie ein Adler, der seine Beute gefunden hat. Ich drehe mich blitzschnell um, wie ein Kind, das sich unter der Bettdecke versteckt. Das alte Spiel: Wenn ich dich nicht sehe, hast du mich auch nicht gesehen.

»Ist das alles?« fragt mich der Kassierer.

Sein Gesicht hat eine unreine Haut, und er sieht mich an, als ob ich dafür verantwortlich wäre.

»Ja«, sage ich schnell.

Hinter mir höre ich, wie die Seiten umgeblättert werden. Ich gebe dem Typen an der Kasse mein Geld. Langsam nimmt er den Zwanzigmarkschein entgegen. Beeil dich, du Arsch, denke ich. Langsam beginnt er Kleingeld zu zählen. Ich spüre, wie die Frau mir von hinten ihre Adlerblicke zuwirft.

»Entschuldigung!« höre ich auf einmal eine spitze Stimme hinter mir sagen.

Es ist der Supermarktadler. Ich wußte es! Gleich wird sie mich nach einem Autogramm fragen, oder schlimmer noch, sie wird mich fragen, ob das jetzt wahr ist mit Rosenwald, und ob ich wirklich aufhören möchte, und wahrscheinlich auch noch, ob ich tatsächlich einen Hamletkomplex habe, und ob ich meine Mutter liebe, und warum ich überhaupt mit so einem Typen wie Paul zusammen war, und warum ich keinen netten Mann finden kann, den ich länger als eine Nacht in meinem Bett behalte, und warum ich ausgerechnet Wasa esse, und warum …

»Entschuldigung!« sagt sie noch einmal, diesmal etwas lauter. Ihre Stimme fordernder. Kassenpickel zählt noch immer das Kleingeld, wahrscheinlich hat er beschlossen, sämtliche Münzen, die sich in seiner dämlichen Kasse befinden, auf der Stelle nachzuzählen und mir mein Rückgeld erst übermorgen zu geben.

»He, Sie …« Ich ziehe meine Schultern zusammen, drehe mich um. Denk dran, was auch passieren wird, du hast immer noch das Vollkorn-Wasa.

»He«, sie zeigt auf eine Packung Philadelphia-Frischkäse auf dem Fließband, »der gehört mir, Sie haben meine Packung Philadelphia zu Ihren Sachen getan.«

»Ach … ach so, ja, tut mir leid.«

Ich atme auf und gebe Kassenpickel den Frischkäse zurück, damit er ihn mir wieder abziehen kann.

»Wissen Sie, ich mag überhaupt keinen Frischkäse«, sage ich und lächle die Frau glücklich an, aber ihr scheint es egal zu sein, denn schon ist sie wieder vertieft in ihre Zeitschrift.

Als ich um die Ecke biege, sehe ich noch immer ein paar Typen mit Kameras vor der Haustür stehen. Sie sehen nicht besonders glücklich aus, und ich nehme an, daß sie bald abziehen werden. Durch den Fahrradkeller komme ich wieder ins Haus, und der Aufzug bringt mich sicher und heil in meine Wohnung im siebten Stock.

In der Nacht träume ich, daß Paul und ich zusammen im Fahrradkeller eingesperrt sind. Er hat Reis mitgebracht und möchte, daß ich davon esse. »Ich hasse Reis. Ich habe ihn schon immer gehaßt«, sage ich, was ihn so zur Weißglut bringt, daß er anfängt, alle Fahrräder auf den Boden zu werfen. Er glüht vor Wut und schreit immer wieder: »Reis ist das Gesündeste, das es gibt.« Als alle Fahrräder auf dem Boden liegen, kommt er mit ausgestreckten Armen auf mich zu. Verzweifelt suche ich nach einem Fenster, einem Ausgang, aber da gibt es nichts. Seine Augen verschlingen mich förmlich, ich bin in seiner Macht.

Mit einem Schrei wache ich auf.

11

Als ich am nächsten Morgen runterlaufe, um nach der Post zu sehen, sehe ich durch die Fensterscheibe der Eingangstür immer noch diesen unerträglichen Marco und seinen Schergen Fotoalex. Scheiße, das darf doch nicht wahr sein, dagegen muß es doch ein Gesetz geben. Die Typen können mir doch nicht tagelang vor der Tür auflauern, oder? Ich fühle mich bei der ganzen Sache irgendwie mulmig. Eigentlich wollte ich ja einen kleinen Spaziergang unternehmen, aber das lasse ich dann wohl. Mißmutig nehme ich wieder den Aufzug nach oben. Herr Kammermeier ist auch drin.

»Haben Sie schon gesehen? Dort draußen sind seit gestern Journalisten.« Herr Kammermeier ist Rentner und immer über alles, was im Haus passiert, bestens informiert.

»Ach ja?« sage ich so beiläufig wie möglich. »Ist mir noch gar nicht aufgefallen.«

Aber Herr Kammermeier wirft mir einen Blick zu, aus dem genau hervorgeht, daß er mir kein Wort abnimmt. Endlich hält der Aufzug.

»Bis dann, Herr Kammermeier.«

»Schönen Tag, gnädige Frau.« (Herr Kammermeier nennt alle Frauen im Haus immer gnädige Frau.)

Wieder in meiner Wohnung, rufe ich zuerst Ingrid an, um ihr von der Belagerung zu erzählen, aber ich erwische nur ihren Anrufbeantworter.

Ich gehe in die Küche, trinke ein Glas Wasser. Was ich gestern noch halbwegs lustig fand, fängt an, mir ernste Sorgen zu bereiten. Diese Typen waren hartnäckig, sie wollten ihr Bild, und sie wollten ihre Story, und dafür würden die anscheinend alles tun. Es war lächerlich, und wahrscheinlich sollte ich auch einfach runtergehen und mit ihnen reden, aber etwas in mir widersetzt sich dieser Lösung.

Ich gehe ins Schlafzimmer und dann wieder ins Wohnzimmer. Draußen scheint die Sonne, und ich muß hier wie eine einsame Ratte in meiner Wohnung bleiben!

Das Telefon klingelt. Es ist Ingrid. Über meine Belagerung scheint sie sich wenig Sorgen zu machen.

»Du solltest mit ihnen reden«, empfiehlt sie mir.

»Ich denke ja gar nicht dran«, erwidere ich. »Die Typen lauern mir auf, als wollten sie mich überfallen.«

»Candida, du weiß doch, daß das alles dazugehört. Aber dafür gibt es auch schöne Seiten, zum Beispiel habe ich eine offizielle Einladung für den Filmball. Sie wollen unbedingt, daß du kommst. Natürlich wird es viel Presse geben. Also überleg dir gut, mit wem du hingehst.«

Der berühmte Filmball. Ich kann mich noch gut daran erinnern, daß in meiner Kindheit immer meine Eltern hingegangen sind. Ich mußte damals natürlich zu Hause bleiben und fühlte mich wie ein verlassenes Aschenputtel. Wie gerne wäre ich ihnen in die funkelnde Welt der Erwachsenen gefolgt, aber sie nahmen mich nie mit.

»Schatz, wir haben nun mal nur zwei Karten bekommen, sonst würden wir dich ja mitnehmen«, sagte Lily mir dann immer, während sie in einem glitzernden Kleid vor dem hell beleuchteten Spiegel stand und sich noch einmal die Wangen mit Rouge puderte. Ich saß auf dem kalten, weiß gekachelten Badewannenrand und schaute zu ihr hoch. Von hinten konnte ich ihre frisch blondierten Haare bewundern, die sich in großen Locken um ihren Nacken schlangen. Ich bewunderte diese Locken ungemein und wünschte mir damals oft, auch solche Locken zu haben. Aber meine Haare waren schon immer sehr glatt gewesen.

Als meine Eltern dann mit der Limousine, die sie für solche Zwecke immer bestellten, weggefahren waren, versuchte ich mir, ihren Abend auszumalen. Ich stellte mir vor, was für tolle Speisen an den Tisch gebracht würden, mit welchen berühmten Leuten sie sich über aufregende und wichtige Dinge unterhielten und wie toll die Band wäre, die für sie spielen würde. Jedesmal versuchte ich, so lange wach zu bleiben, bis sie wieder nach Hause kamen, um sofort zu erfahren, wie es gewesen war. Aber ich schaffte es nie, trotz intensivster Bemühungen schlief ich immer ein, bevor sie zurückkamen. Erst am nächsten Morgen konnte ich mich mit einem erwartungfrohen »Also, erzählt, wie war es?« auf sie stürzen.

Zu meiner Verzweiflung mußte ich mich meist mit einem knappen »Schön war's« zufriedengeben, was meine Neugierde nur noch mehr beflügelte, denn für mich war diese kurze Antwort nur ein Hinweis darauf, daß in Wirklichkeit viel mehr passiert war und sie es mir nur aus dem Grund nicht erzählen wollten, weil ich ihrer Meinung nach noch zu klein war. Aber eines

Tages würde ich all diese Geheimnisse herausfinden, das schwor ich mir.

Ich kann es mir nicht verkneifen, mein Gesicht zu einem breiten Grinsen zu verziehen. Man hatte mich eingeladen, ganz offiziell. Nun Candida, jetzt wirst du endlich die Mysterien des Filmballs lüften, sage ich mir.

Ich lege mich hin, um zu schlafen, aber ich bin zu aufgeregt. Ich schalte den Fernseher ein. Schalte ihn wieder aus. Gehe in die Küche. Es ist elf Uhr abends. Scheiße. Ich kann hier nicht bleiben. Ich muß an die Luft.

Rasch ziehe ich mir etwas über und gehe runter. Zum Teufel mit den Reportern da unten. Ich kann doch wohl noch aus dem Haus gehen, wenn ich dazu Lust habe, oder?

12

»Mußtest du ihm denn gleich einen Kinnhaken verpassen?« Josephine schaut mich ein wenig besorgt an. Sie hat mir einen Tee gemacht und mir biologische Vollkorn-Croissants gebracht. Die Tageszeitung mit der Schlagzeile REPORTER BRUTAL VON CANDIDA ZUSAMMENGESCHLAGEN liegt immer noch vor mir auf dem Tablett.

»Du weißt ja, wie so etwas ist ... ich meine ... eigentlich weiß ich gar nicht, wie man jemandem einen Kinnhaken verpaßt, aber als ich draußen stand und auf einmal dieser Alex-Typ vor mir stand und mit seinen Notizblock vor mir rumwedelte, bin ich einfach ausgerastet.«

Josephine kann sich ein Lächeln nicht verkneifen.

»Auf jeden Fall scheinst du den Kerl ziemlich gut getroffen zu haben, wenn er einige Minuten lang bewußtlos war.«

»Ach, weißt du«, kichere ich, »ich hab da mal diesen Dokumentarfilm über Muhammad Ali gesehen und ...«

»Nun gut, Ali, aber dann darfst du dich nicht wundern, wenn am nächsten Tag in der Zeitung steht, daß du dich aus unerklärlichen Gründen auf den Reporter Marco Fernelli gestürzt und ihn auf offener Straße zusammengeschlagen hast.«

»Auf offener Straße? Daß ich nicht lache!«

Ich beiße in mein Croissant, das ich dick mit Butter und Himbeermarmelade bestrichen habe. Es ist mein drittes Croissant, anscheinend hat meine Kampfwut von gestern einen gehörigen Hunger in mir entfacht.

»Ich finde das alles sehr abenteuerlich. Deine nächste Rolle sollte die einer Piratenbraut sein. Dann bräuchtest du nur noch Errol Flynn und ein Schiff, und ihr würdet die Welt umsegeln und ...«

»Josephine, du bist eine hoffnungslose Romantikerin. Errol Flynn brauch ich jetzt genausowenig wie ein Loch im Kopf. Wirklich, ein Mann würde mir gerade noch fehlen! Aber im Ernst, ich fühle mich einfach wunderbar heute. Dem Typen gestern eine reingehauen zu haben hat mir richtig gutgetan. Ich fühle mich, als könnte ich Bäume ausreißen. Ich sollte so was öfter machen.«

»Na ja, ich weiß nicht ...«, beginnt Josephine, aber bevor sie zu Ende sprechen kann, klingelt das Telefon.

»Wart mal einen Moment.«

Ich springe auf und nehme den Hörer ab. Es ist Ingrid.

»Wir sind in Schwierigkeiten, Candida.«

»Ich wünsch dir ebenfalls einen guten Morgen.«

»Ich mache keine Witze. Dieser Reporter hat eine Klage wegen Körperverletzung eingereicht.«

»Eine Klage ...?«

»Du hast mich schon verstanden. Klage wegen Körperverletzung.«

»Das ist doch lächerlich ... darf der das denn überhaupt?«

»Und wie er das darf. Verflixt, Candida, Publicity gut und schön, aber eine Gerichtsverhandlung wäre in deinem Fall ein gravierender Fehler. Es wäre ein totaler Imagebruch.«

»Ein Image ...?«

»... bruch, ja, so nennt man das. Hör zu, Candida. Ich habe heute mit Marco Fernelli gesprochen. Es besteht noch eine Möglichkeit, diese Sache geräuschlos aus der Welt zu schaffen. Ich habe ihm ein Exklusivinterview mit dir angeboten, woraufhin er mir versprochen hat, die Klage wieder fallenzulassen.«

»Du hast ihm was ...?«

»Es muß ja nicht gleich passieren. Aber sobald sich in den nächsten Monaten etwas Interessantes bei dir tut, möchte er der erste sein, der es erfährt. Habe ich das nicht gut hinbekommen?«

»Na, wunderbar. Du lieferst mich an meinen Peiniger aus, und ich soll dir noch dankbar sein?«

»Hör zu, Candida, ich glaube, du bist dir über die Situation nicht ganz im klaren. Seit Monaten verkaufen wir dich als die saubere, ausgeglichene Candida, was du bisher ja wunderbar hingekriegt hast. Und wie du weißt, waren wir mit dieser Strategie nicht unerfolgreich. Viele Leute identifizieren sich nun mal mit diesem Bild.«

»Die saubere, ausgeglichene ...?«

»Wir können nicht aus dem Produkt Candida über Nacht eine exzentrische Feministin machen, die aufdringliche Reporter einfach durch einen Fausthieb niederstreckt. Das wäre vielleicht eine hübsche Geschichte, wenn du einen Actionfilm rausbringen würdest, aber soweit sind wir nicht. Noch nicht. So was muß wohlüberlegt sein.«

»Aha ...« sage ich, weil ich nicht weiß, was ich sonst sagen soll.

Nachdem ich aufgelegt habe, ist mir der Hunger vergangen.

»Was ist, Piratenbraut?« fragt mich Josephine.

»Piratenbraut ist eine Flasche«, sage ich.

»Was?«

»Ach, dieser Arsch von Reporter will mich wegen Körperverletzung anzeigen.«

»Oh, oh! Und was jetzt?«

»Ingrid hat mit ihm einen Deal ausgehandelt. Einen Deal über das ›Produkt Candida‹.«

»Ich versteh kein Wort von dem, was du erzählst.«

»Ach, Josephine, ich weiß nicht, ich glaube, Erfolg zu haben bekommt mir nicht besonders gut ...«

»Papperlapapp. Ich sage dir, was du brauchst. Es wäre Zeit, daß du an etwas anderes denkst. Du könntest ein wenig Zerstreuung gebrauchen, ein wenig Abwechslung, ein bißchen Spaß, verstehst du?«

»Ich bin mir nicht ganz sicher ...«

»Wann warst du zum letzten Mal richtig verliebt?«

»Verliebt?«

»Du weißt schon, das Summen von idiotischen Liebesliedern mitten am Nachmittag, das ein- bis zweistündige Herrichten der Frisur, bevor man nur mal eben miteinander einen Kaffee trinken geht, dieses lächerliche Kichern nach jedem Satz und das grundlose Rotwerden, wenn jemand auch nur zufällig seinen Namen erwähnt, diese ganzen Sachen, erinnerst du dich noch daran?«

»So was Bescheuertes ist mir zum Glück noch nie passiert«, sage ich, während ich noch einen großen Schluck von meinem mittlerweile kalt gewordenen Earl-Grey-Tee nehme.

»Candida, hör auf mich, zuviel Einsamkeit ist nicht gut.«

Ich kenne diese Tour. Es ist nicht das erste Mal, das mich Josephine mit jemandem verkuppeln will. Sie hatte es mit dem österreichischen Grafen probiert, und als das nichts ergab, sogar mit dessen sechzehnjährigem Sohn. Natürlich meint sie es gut, aber manchmal ist es einfach zuviel des Guten.

»Keine Angst, Josephine, ich komme schon allein zurecht.«

Nachdem Josephine gegangen ist, putze ich erst mal gründlich die Wohnung. Vielleicht würde man mich ja vor Gericht zu lebenslangem Hausarrest verurteilen, und ich würde den Rest meines Lebens in meiner Zweizimmerwohnung verbringen müssen. Josephine würde mir zu essen bringen, vielleicht ab und zu auch mal ein paar Sauerstoffflaschen, um mal wieder frische Luft zu atmen. Ich würde Filme drehen, die ausschließlich in meiner Wohnung spielen, ich würde jeden Montag- und Mittwochnachmittag empfangen, mein sonstiger Kontakt zur Außenwelt würde sich nur auf Radio und Fernsehen beschränken, und am Sonntag würde ich auch mal einen Ausflug unternehmen und ein paarmal mit dem Lift rauf und runter fahren. Bei zwölf Stockwerken könnte ich das vielleicht hundertzwanzig Mal am Tag. Aber wenn man bedenkt, daß so viele Wiederholungen im Fernsehen gesendet werden und der Lift auch nicht gerade viel Abwechslung bietet, würde mir wahrscheinlich ziemlich schnell langweilig werden.

Vielleicht würde ich versuchen zu fliehen. Aber was waren meine Möglichkeiten? Es gab den Abfallschacht. Vielleicht könnte ich mich ja in eine Plastiktüte stecken und in den Abfallraum befördern lassen. Am Morgen würden die Müllmänner kommen und mich raus ans Ende der Stadt bringen. Keine schlechte Idee, nur habe ich immer schon Platzangst in zu engen Räumen gehabt, und eine ganze Nacht in einer Abfalltonne zu verbringen ist vielleicht doch nicht ganz das Wahre. Und was war, wenn der Hausmüll zu einer Verbrennungsanlage gebracht wurde?

Unten sind keine Reporter mehr zu sehen. Vielleicht haben sie jetzt zuviel Angst vor mir. Oder sie haben das Interesse verloren und lauern bereits einem anderen Opfer auf.

Ich schlendere die Straßen entlang, blicke in Schaufenster. In einem Reformhaus lasse ich mir von der Verkäuferin Leinsamen und Fencheltee andrehen, und in einem Café genehmige ich mir einen richtig schönen Cappuccino.

»Na also, geht doch«, sage ich mir, »alles ist in bester Ordnung.«

Irgendwann komme ich an einem Kaufhaus vorbei, in dessen Schaufenster schwarze Lackschuhe im Sonderangebot angepriesen werden. Sie sind häßlich, so wie alle Lackschuhe, und ich muß an den Tag meiner Kommunion denken, an dem mich meine Mutter dazu gezwungen hatte, zum hellblauen Seidenkleid schwarze Lackschuhe anzuziehen.

»Ich hasse schwarze Lackschuhe«, hatte ich gesagt und geweint, aber es hatte nichts geholfen. Ich war verzweifelt. Ich hatte versucht, meinen Vater auf meine Seite zu ziehen, aber er hatte sich nicht einmischen wollen. Ein paar Stunden später war ich in glänzendem schwarzen Lack zum Kirchenaltar geschritten. Während meine Klassenkameradinnen an ihren Hostien kauten und an Gott dachten, hatte ich nur einen Gedanken im Kopf: Wie jetzt bestimmt in diesem Augenblick die gesamte Gemeinde, die dort auf den Bänken saß, auf meine lächerlichen Lackschuhe starrte.

Eigentlich wollte ich heute in kein Kaufhaus, aber was soll's? Im dritten Stock haben sie Abendkleider.

»Haben Sie das Kleid auch in Größe vierundvierzig?«

13

Als das Telefon klingelt, ist es pechschwarz da draußen.

»Rate mal, wo ich jetzt bin!«

»Magnus, verdammt noch mal, weißt du, wie spät es ist?«

»Ja, es ist sechs Uhr abends, und ich komme gerade vom Empire State Building.«

»Magnus, du spinnst.«

»Nein, ich bin glücklich! Vor zwei Tagen habe ich bei dieser Party Yin kennengelernt, ich habe ihr angeboten, mit mir nach New York zu fahren, und das Schönste war, sie hat ja gesagt.«

»Na wunderbar, sei mir nicht böse, aber ich muß jetzt weiter von Pierce Brosnan träumen.«

»Du glaubst mir nicht, wie? Hier, hör dir das mal an«

Durch den Hörer kriechen die für New York so typischen Hupen- und Autogeräusche, die man vom Fernsehen her kennt. Er war also tatsächlich dort!

»Second Avenue, Ecke fünfzehnte, *my love*! Glaubst du, daß Märchen einmal wahr werden?« fragt Magnus.

Da ich nicht weiß, was ich sonst antworten soll, sage ich einfach: »O Mann, Magnus, ja, ich nehme an, das können sie.«

»Und wie läuft's bei dir, Miß Staranwältin?« (Magnus hat sich immer noch nicht abgewöhnt, mich so zu nennen.)

»Ach ... ganz gut. Ich darf zum Filmball gehen.«

»Und? Freust du dich denn nicht?«

»Weiß nicht, ich glaube, ich wäre lieber auf dem Empire State Building.«

»Ich ruf dich an, Miß Staranwältin, wenn ich mit Yin wieder zurück bin.«

»Alles klar, aber nenn mich nicht immer Staranwältin, Magnus.«

»Ja, Staranwältin.«

Als ich auflege, bin ich hellwach. Die wunderbaren Geräusche der amerikanischen Metropole wirken wie ein Versprechen nach einem freien, wilden Leben, das vielleicht weit weg ist, aber doch möglich. Geräusche, die nach Weite duften und Freiheit besingen. Freiheit, weil es neu wäre und weil man eine Unbekannte in einem fremden Land wäre.

Magnus hatte mich gefragt, ob ich an Märchen glauben würde. Für mich hatte es eigentlich immer nur das Märchen von der Orangenprinzessin gegeben. Natürlich kenne ich auch ein paar andere, aber keines hat mir je soviel bedeutet wie dieses. Natürlich hat es eine einfältige Botschaft: Irgendwann kommt ein Prinz und küßt dich wach. Du mußt nur schön ruhig und passiv in deinem Halbschlaf verharren und nicht soviel Aufsehen erregen. Was für eine politisch unkorrekte Version eines Liebesglücks! Und das ist noch nicht alles. Der Märchenprinz küßt die Prinzessin also so stürmisch, daß es sie vom Hocker reißt und sie alles aufgibt und ihm blind in sein Land folgt, obwohl sie gar keine

Ahnung hat, wie es da wohl aussehen könnte und ob da nicht womöglich Menschenfresser, böse Magier oder sogar irgendwelche Reporter ihr Unwesen treiben. Oder, schlimmer noch, sie wacht eines Tages auf und bemerkt, daß der Traumprinz selbst der Menschenfresser, der böse Magier oder der Reporter ist. Nein, danke, da bleibe ich lieber in meiner Burg. Allein, aber sicher.

Ich weiß nicht, wieviel Uhr es ist. Es muß mitten in der Nacht sein. Ich kann nicht mehr einschlafen. Ich muß wieder an die Geschichte der Orangenprinzessin denken, die darauf wartet, von einem Prinzen erlöst zu werden. In meiner Kindheit gab es immer die Gewißheit, daß er kommen würde. Er kletterte eine Leiter zu ihr hoch, und sie küßten sich. Was die Prinzessin heute machen würde, weiß ich nicht, aber ich nehme an, daß sie jedesmal, wenn sie kurz davor ist, den Prinzen endlich an ihrem Fenster zu sehen, die Leiter wegstößt und ihn somit in den sicheren Tod schickt.

Wenn er kommt, wird sie ihn erwartet haben. Sie wird ihn nicht sehen, aber sie wird ihn hören. Sie wird das Knistern der Efeublätter hören, wenn er die Leiter hinaufklettert, die sie für ihn bereitgestellt hat. Ihre Hände werden feucht sein, und ihr Puls wird anfangen zu pochen. Trotzdem wird sie so tun, als ob ihr das gar nichts ausmacht. Ihre Haare wird sie losgebunden haben, und während sie sie vor ihrem Spiegel kämmt, wird sie hören, wie er immer näher kommt. Als sie schon fast seinen Atem hört, wird sie einen letzten Blick in den Spiegel werfen und sich wundern, warum ihre Lippen so blaß sind. Dann, kurz bevor sie ihm in die Augen sehen kann, wird sie mit beiden Händen zur Leiter greifen. Nur ein kleiner Stoß, dann wird es vorbei sein. Da sie ihre Augen geschlossen halten wird, wird sie auch nicht sehen können, wie die Leiter mit ihm aus hundert Meter Höhe auf den Boden fällt. Alles, was sie hören wird, ist nur ein dumpfer Ton, als fiele ein Stein auf Moos. Moos, das sich augenblicklich um ihr Herz schließt, damit sie nicht fühlen muß. Und sie fühlt nicht, sie hört. Sie hört die Vögel, die anfangen, in dem Wald zu singen, und sie hört das Erwachen der Bäume. Es ist Tag geworden. Sie hat die Nacht überlebt. Diese, so wie alle anderen, an denen er kommen wird.

Auch ich habe mir meine Burg gebaut, meinen Turm im siebten Stock, und würde jeden Prinzen ohne Zögern hinunterstoßen. Paul als Eindringling würde mir für den Rest meines Lebens reichen.

Lange Zeit redete ich mir ein, daß ich glücklich war. Wenn ich von der Arbeit zurückkam, hatte Paul bereits das Essen vorbereitet. Das Essen bestand eigentlich jeden Tag aus Reis. »Reis gehört zu den gesündesten Nahrungsmitteln«, sagte er immer und erzählte mir wieder und wieder die Geschichte von seinem Großvater, der vor ein paar Jahren seinen Krebs allein durch Reis geheilt hatte. Es gab Reis mit Curry, Reis pur, Reis mit Zucker und Reis mit Pfeffer. Er liebte Reis. Ich hatte Reis zwar noch nie besonders gemocht, aber was soll's. Man mußte schließlich lernen, Kompromisse einzugehen, oder etwa nicht?

Paul führte sehr gewissenhaft Tagebuch. Es war ein dickes, in Leder gebundenes Buch. Jedes Jahr kaufte er sich ein neues. Mit neuen Wochentagen und neuen Zahlen, aber der graue Umschlag blieb immer der gleiche. Ich war fasziniert von diesem grauen Buch. Jeden Morgen und jeden Abend sah ich, wie er sich an einen Tisch setzte, eine aufrechte Stellung einnahm und begann, in dieses Buch zu schreiben.

»Ich habe nichts zu verstecken, du kannst es ruhig

lesen«, hatte er mir eines Tages gesagt. »Mein Leben soll vollkommen transparent sein.«

Was er hineinschrieb, waren immer ganz einfache Dinge. Alltägliche Dinge, die erledigt werden mußten, oder Dinge, die versäumt worden waren. Das Tagebuch war sein Instrument, den Schein von Ordnung in sein Leben zu bringen.

7 a.m. 100 Liegestütze. Muß mehr für den Bauch machen. C dazu ermutigen, auch mehr zu machen. Heute viel trinken. C fragen, was sie mit Cannes beschlossen hat. Ben später anrufen. Besser abends (30% Nachttarif). Shopping: Reis und Bier. Neue Socken.

Es war faszinierend. Es hatte etwas von einem Geheimcode. Die Eintragungen waren zu einfach, um absichtslos geschrieben worden zu sein.

»C« – das war natürlich ich. Personennamen wurden grundsätzlich mit dem groß geschriebenen Anfangsbuchstaben abgekürzt. Ausnahmen gab es nicht.

In unserem dritten Herbst fingen seine Haare an auszufallen. Pünktlich zur selben Zeit, als die Blätter von den Bäumen fielen, fing auch der Herbst auf seinem Kopf an. Langsam, aber sicher lichtete sich das braune Haar auf seinem Schädel. Diese Veränderung machte ihm sehr zu schaffen, und der Kampf gegen den Haarausfall wurde für ihn zur Besessenheit. Jeden Morgen verbrachte er mindestens eine Stunde damit, ein Spezialgel in seine Kopfhaut einzumassieren und seine Haare hin und her zu kämmen. Das Ritual war immer dasselbe. Er stand in seinem grünen Morgenmantel, den ich ihm geschenkt hatte, vor dem Spiegel im Bad und tröpfelte aus der kleinen Tube ein durchsichtiges Gel auf seine Haarwurzeln. Dabei bückte er sich immer leicht und schaute mit kritischem Blick in den Spiegel. Sein Gesichtsausdruck war jeden Morgen derselbe. Ich beobachtete ihn dann immer heimlich, denn es war einer der wenigen Momente, in denen er nicht seine Brille trug. Es war irgendwie komisch, denn ohne seine Brille sah er wie ein ganz anderer Mensch aus. Seine Augen schrumpften auf Normalgröße, und sein ganzes Gesicht schien dadurch viel kleiner. Irgendwie schien es so, als ob hinter der Brille sein wahres Gesicht verborgen wäre. Er mochte es nicht, wenn ich ihn ohne Brille sah. Einmal hatten wir uns furchtbar gestritten, als ich versucht hatte, ihm seine Brille abzunehmen. Also ließ ich es in Zukunft sein und freundete mich mit diesen großen Augen an, die mich hinter den Gläsern anstarrten und die seine richtigen Augen zu verbergen schienen.

In diesem Herbst war es auch, daß er anfing, sich regelmäßig Tierfilme anzuschauen und ein Faible für Vögel zu entwickeln. Er kaufte sich dickleibige Lexika über »Die Vögel der südlichen Hemisphäre« und lernte sämtliche Vogelarten auswendig. Manchmal wurde ich mitten in der Nacht wach und sah ihn am Balkon stehen.

»Was machst du da?« fragte ich ihn noch halb verschlafen.

»Hörst du? Purrit! Purritt! Das war ein purpur gelockter Johannisreiter«, gab er mir dann zur Antwort.

»Das ist wunderbar, Schatz«, antwortete ich und legte mich wieder schlafen.

Es muß so um diese Zeit gewesen sein, daß ich mich zum ersten Mal gefragt hatte, ob ich diesen Mann nicht vielleicht falsch eingeschätzt hatte. Er wurde immer schwieriger, launischer und wollte, daß ich den ganzen Tag über bei ihm blieb, um mit ihm nach afrosizilianischen Königsamseln oder ähnlich exotischem Federvieh Ausschau zu halten. Außerdem witterte er überall Gefahren.

Als mir Ingrid damals die Rolle in diesem amerikanisch koproduzierten Actionthriller vermittelte, war er außer sich.

»Du willst doch da nicht etwa mitmachen? Glaub mir, du wirst von alten Regisseuren angegrapscht und mußt mit dem Hauptdarsteller schlafen. Das ist doch alles nur *bullshit*!«

Wir diskutierten den ganzen Abend. Ich wußte, daß mir Ingrid den Kopf abreißen würde, wenn ich dieses Angebot einfach ausschlagen würde. Abgesehen davon, hatte ich mich selbst schon darauf gefreut, endlich einmal in einem Kinofilm mitzuspielen. Ein weibliches Roadmovie, ein bißchen so wie »Thelma und Louise«, nur besser, weil die beiden Figuren im Film sich am Schluß nicht umbringen müssen.

»Hast du dir schon mal überlegt, wie ich zum Beispiel das Ganze finde?« schrie Paul mich wütend an. »Ich dachte, wir wären ein Team hier, oder nicht?«

Ich schwieg, weil ich nicht wußte, was ich sagen sollte.

»Oder nicht?« wiederholte er die Frage, während seine Stimme sich fast überschlug. Er griff sich an die Brust.

»Ja, ja. Natürlich sind wir das, aber bitte, Paul, beruhige dich.«

Seit er mir erzählt hatte, daß es in seiner Familie ein Herzleiden gab, bekam ich es immer mit der Angst, wenn Paul sich zu sehr aufregte. Sein Vater war an einem Herzinfarkt gestorben, und als Paul vierzehn Jahre alt war, war er einmal bei einem Footballspiel zusammengebrochen. Es war nichts Ernstes, aber der Arzt hatte Paul damals gesagt, er müsse gut auf sein Herz aufpassen.

»Außerdem wollten wir doch in der Zeit nach Portugal fahren, oder hast du das etwa schon vergessen?«

Seine Stimme wurde weicher, versöhnlicher.

Er hatte sich Portugal als unseren nächsten Urlaubsort ausgesucht, weil dort angeblich viele afrikanische Migrationsvögel einen kleinen Zwischenstopp einlegen. Ich wußte immer noch nicht, was ich sagen sollte. Ich hatte damit gerechnet, daß er sich über meine Chance freuen würde.

»Bist du denn gar nicht stolz auf mich?«

»Aber, Candy, das hat doch damit überhaupt nichts zu tun. Ich weiß doch, daß du die beste Schauspielerin der Welt bist. Aber es geht hier um uns, verstehst du? Darum, daß ich nicht will, daß dein Beruf uns auseinanderreißt. Es gibt so viele einsame Menschen auf der Welt. Wir haben uns gefunden unter den Millionen Menschen hier, und nun will ich nicht, daß wir auseinandergehen.«

»Aber ... ich würde dich doch nicht verlassen ...«

»Darum geht es nicht, verstehst du das denn nicht?«

Nein, ich verstand es nicht. Ich verstand nicht, warum er es ausgerechnet als Beweis meiner Liebe empfand, die Chance meines Lebens aufzugeben.

»Es ist ganz einfach, Candy. Entweder du sagst ab, oder ... das Ganze hat einfach keinen Sinn mehr.«

»Was heißt das, das Ganze hat keinen Sinn mehr?« schrie ich, als ob ich irgend etwas damit aufhalten könnte. In Wahrheit wußte ich nur zu genau, was er damit meinte. Entweder – oder, die unmögliche Frage, unüberbrückbare Gegensätze, die dennoch gelöst werden müssen. Ein »Sowohl – Als auch« ist von vornherein ausgeschlossen. Das Tragische an diesem Spiel ist, daß der Spieler von Anfang an weiß, daß er nur verlieren kann, wie auch immer er sich entscheidet. Meine beste tragische Rolle war im Grunde das Leben mit ihm. Der unmögliche Versuch, ihn glücklich zu machen.

Rick hatte mich von Anfang an vor ihm gewarnt. Rick war ein alter Freund von Paul gewesen, und einmal hatte er mich angerufen, als ich allein zu Hause war.

»Möchtest du mit Paul sprechen? Er ist im Augenblick nicht da?«

»Nein, Candida, ich hätte gerne mit dir gesprochen.«

Ich war erstaunt, überrascht.

»Mit mir?«

»Ja, triff mich in einer halben Stunde an der Brükke.«

Ich hatte ja gesagt.

»Candida, dein Freund ist nicht der tolle Kerl, für den du ihn hältst.«

»Was soll das, Rick?«

»Er macht das nicht zum ersten Mal, weißt du?«

»Wovon sprichst du, zum Teufel?«

»Candida, dein Freund ist ein Psychopath, er ist paranoid, größenwahnsinnig, ganz einfach ein *Loser*. Er holt sich immer Freundinnen, die ihn aushalten. Eines sag ich dir, die letzte ist als nervliches Wrack zurückgeblieben. Er ist ein Vampir, er hängt sich an gutmütige junge Frauen mit Helfersyndrom, die auf seinen Charles-Bukowski-Charme reinfallen, und dann plündert er sie aus und macht sie noch dazu völlig fertig. Wahrscheinlich haßt er Frauen. Ich weiß, daß er seine Mutter haßt.«

»Rick, um Himmels willen, was ist denn los mit dir? Hast du letzte Nacht zuviel ›Psycho‹ geschaut oder was?«

»Ach Scheiße, vergiß es! Irgendwann wirst du schon selbst dahinterkommen. Ich hoffe nur für dich, daß es dann nicht zu spät sein wird.«

Ich verstand nicht, was plötzlich in ihn gefahren war.

Ich hatte immer gedacht, daß Paul und er so gute Freunde waren.

Als Paul und ich am selben Abend im Bett lagen, erzählte ich ihm, daß ich Rick getroffen hatte.

»Ah, ja? Und was hat er dir erzählt?«

Irgend etwas hielt mich zurück, Paul zu sagen, was an diesem Nachmittag passiert war.

»Nichts.«

»Nichts? Wie meinst du das, nichts?

Er hatte ein bißchen zuviel getrunken an dem Abend. Er lag neben mir. Ich konnte trotz der Dunkelheit sehen, daß seine Augen offen waren. Paul lag einfach nur da und starrte ins Leere.

»Komm jetzt schlafen, Candida.«

Langsam drehte ich mich zu ihm um. Er war eingeschlafen. Ich konnte den süßen Duft von Bier und Zigaretten riechen, den ich seltsamerweise immer an ihm mochte. Es roch so männlich, fand ich, so stark... Während er schlief, hatte ich den Fernseher angemacht. Ich machte das manchmal, denn ich wußte, daß er so leicht aufwachen würde. Es war ein James-Bond-Film: Der Held befreite sich aus den Schlingen des Bösewichts, um die Todesbombe, die alles in die Luft fliegen lassen sollte, in letzter Sekunde zu entschärfen. Im letzten Bild segelten Held und Heldin in eine gräßlich kitschige Abendsonne hinein.

Ich strich Paul ein paar Strähnen aus dem Gesicht und legte meinen Arm um ihn. Dann war ich eingeschlafen.

Paul war von Anfang an eifersüchtig gewesen. Eifersüchtig auf meine Jugend, eifersüchtig auf meine Vergangenheit und eifersüchtig auf meine Zukunft. Am Morgen nach unserem großen Streit rief ich Ingrid an, die mir am Abend zuvor euphorisch und stolz die Nachricht übermittelt hatte, daß sich der Regisseur definitiv für mich entschlossen hatte.

»Ich kann es nicht machen, Ingrid.«

»Was?« schrie sie außer sich ins Telefon. »Was heißt das, du kannst es nicht?«

»Laß dich von ihr nicht einwickeln«, flüsterte Paul mir zu, der während des Gesprächs dicht hinter mir stand. Ich hielt mich krampfhaft an dem Hörer fest. Ich wußte, wie sehr ich Ingrid mit meiner Absage enttäuschen würde. Ich wußte, wie sehr sie gekämpft hatte, um mir diese Rolle zu besorgen.

»Bleib stark und denk an uns«, sagte er mir und nahm meine Hand. Seine Augen lugten größer als je zuvor aus der Hornbrille.

Zwei Wochen später fuhren wir mit dem Geld von meinen letzten paar Synchronarbeiten nach Portugal.

Mit einem kleinen türkisfarbenen Mietwagen fuhren wir die Küste entlang. Von Cap San Vincente zum Cabo di Roca. Entlang den Felsen, über staubige Straßen. Nur selten trafen wir auf andere Touristen. Die Straße gehörte uns. Jede Nacht schliefen wir in einem anderen Dorf, in einem anderen Bett. In Cascais blieben wir etwas länger. Wir nahmen uns ein Hotel am Strand, aßen jeden Mittag gegrillte Sardinen und machten abends Spaziergänge am Strand. Danach fielen wir in die weißen Laken, unsere Haut noch salzig von den kühlen Atlantikwellen.

»Was ist?« fragte ich ihn eines Abends, während ich ihm ein paar Strähnen aus dem Gesicht strich. Er war an diesem Abend sonderbar still gewesen. Er lag auf dem Rücken und schaute an die Decke, die Risse hatte. Über die Wände waren Tapeten mit einem vergilbten Rosenmuster geklebt.

»Was ist?« fragte ich noch einmal, weil er mich noch immer nicht angesehen hatte.

»Hast du den Mann heute gesehen?«

»Welchen Mann?«

»Na, diesen Mann mit der dunkelblauen Jacke mit den Goldknöpfen.«

Ich nickte, aber ich hatte keine Ahnung, von wem er sprach.

»Und?«

»Hast du nicht bemerkt, mit welcher Verachtung dieses Arschloch mich angesehen hat? Zuerst hat er dich angeschaut, und dann hat er mir direkt ins Gesicht gestarrt, so als wolle er sagen: ›Ha! Für mich wäre es das leichteste der Welt, dir deine Freundin abzuknöpfen, schau her, was ich ihr alles bieten könnte!‹ Er hat dich angesehen, aber ich war es, auf den er es abgesehen hatte, verstehst du? Solche Arschlöcher erkenne ich von weitem.«

»Ich ... weiß nicht genau, was du meinst ...«

Mir fiel vage ein Mann ein, der uns mittags gegenübergesessen war. Daß er mich angeschaut hatte, war mir nicht einmal aufgefallen.

»Der Typ glaubt, daß er etwas ganz Besonderes ist, nur weil er mit Vierzig Karriere gemacht hat und sich einen Porsche leisten kann.«

»Hatte er denn einen Porsche?« fragte ich.

»Das weiß ich doch nicht.«

Er hatte sich aufgerichtet, und seine Stimme war lauter geworden.

»Es ist hypothetisch, verstehst du? Ich spreche von ihm, aber ich könnte dir Dutzende dieser Typen nennen. Sie sind alle gleich.«

War das ganze Theater nur deshalb, weil mich ein anderer Mann angesehen hatte? Ich mußte lächeln.

»Aber Schatz, mir ist unser türkisfarbener Kleinwagen tausendmal lieber als ein hypothetischer Porsche.«

Ich küßte ihn und schlang meine Arme um ihn. Seine Haut war immer noch blaß, und seine Arme hatten Sommersprossen bekommen. Sie sahen aus wie die Arme eines Kindes und paßten überhaupt nicht zu seinem Bart und seinen großen dunklen Augen.

Am nächsten Tag reisten wir ab nach Lissabon. Eine dichte, heiße Stadt mit vielen Einfahrtstraßen. Nach all den Tagen, die wir an Stränden und in wilden Pinienwäldern verbracht hatten, kam uns die Stadt furchtbar grau vor.

»Weißt du, das alles ist kein Leben, dieses verdorbene Leben in den Städten. Du und ich, Candy, wir gehören aufs Land. Auf eine Farm, irgendwo in einem verlassenen Ort. Weißt du, was mein Lieblingsbuch war, als ich jünger war? *Walden* von Thoreau, einem großen amerikanischen Philosophen, der es satt hatte, inmitten der verlogenen amerikanischen Stadtgesellschaft zu leben, und der für ein Jahr in die Wildnis gezogen war. Dieses Buch handelt von genau dieser Zeit, die er allein in seiner Hütte verbracht hatte. Als ich zwölf Jahre alt war, wollte ich dasselbe machen. Ich bin ich von zu Hause abgehauen und übernachtete zwei Nächte lang am Fluß. Mein Plan war es, mir ein Boot zu suchen und den Mississippi zu finden und wie Huck Finn in den Süden zu fahren.«

Da ich nicht wußte, was ich antworten sollte, streichelte ich seine Hand und versprach ihm, eines Tages, wenn ich genug Geld verdient hätte, ihm eine Farm inmitten der Wildnis zu kaufen, aber ich wußte nicht, ob er mir glaubte und wie ich es schaffen sollte. In meiner Stimme lag nicht viel Optimismus. Ich fühlte, daß ich mal wieder versagt hatte, so ähnlich wie bei Hamlet, nur war es diesmal natürlich viel schlimmer. Ich wußte, daß ich sein Glück nicht garantieren konnte. Was auch immer ich machte, es würde nie genug sein, ihn die dunklen Seiten seines Lebens vergessen zu lassen. Und auf einmal fühlte ich mich alt, so alt und verzweifelt wie er.

Am Cap San Vincente hielten wir an und gingen bis ans Ende der Felsenkette, auf der sich eine verlassene weiße Kirche erhob. Über die weiße Mauer konnte man in den Abgrund sehen, an dem zwei Meere aufeinanderprallten. Das eingeschlossene Mittelmeer und der unberechenbare Atlantik, der bis Amerika führte.

»Es ist wie das Ende der Welt, nicht wahr?« sagte ich.

Er nickte, und seine Augen starrten auf die Stelle, an der die pazifischen Wellen ihren Kampf mit dem Mittelmeer aufnahmen. Paul starrte weiter auf das Meer, als ob er selber einen Kampf mit einem der beiden Meere anfangen wollte. Aber seine dunklen Augen sahen hilflos und klein aus im Vergleich zu der gebündelten Gewalt des stahlblauen Ozeans.

»Laß uns wieder gehen. Es ist kalt hier. Laß uns zu dem Restaurant gehen, das diese Hummer macht. Ich möchte dich zu etwas Besonderem einladen.«

Er hatte sich zu mir umgedreht und meine Wange gestreichelt.

»Du bist schon in Ordnung, Candy, weißt du?«

Ich sagte ja, ja, ich weiß, und nahm ihn bei der Hand.

Ich merke, daß mein Puls schneller wird. Ich schaue das Poster von *Just you* an. Die Frau auf dem Foto sieht stark aus. Sie hat Persönlichkeit. Sie würde sich nie auflösen, selbst wenn sie es wollte. Sie ist einfach da. Ich weiß, daß das Foto mich darstellt. Das bedeutet logischerweise, daß ich es bin, die diesen schönen Teint hat und so entschlossen aussieht. Ich sehe es, also glaube ich es. Ein Foto hat Gültigkeit. Aber kaum glaube ich es, muß ich schon wieder zweifeln. Das Foto ist bereits einige Wochen alt. Einige Wochen! In ein paar Wochen kann man sich völlig verändern. Wahrscheinlich hätte ich es nicht einmal gemerkt, denn ich habe seit Wochen mein Gesicht nicht kontrolliert. Zu Hause schaue ich so gut wie nie in den Spiegel. Wenn ich mich schminke, konzentriere ich mich auf Details. Augenbraue, rechte Wimpern, obere Lippe. Ich gehe wie auf einer Landkarte vor. Das ganze Gesicht sehe ich mir nie an. Auf dem Set ist alles anders. Dort trage ich meine Schönheit wie einen Schutzschild vor mir her. Leider ist es nur ein Schutzschild auf Zeit, denn er beschützt mich nur, wenn ein Objektiv mich angreift. Wenn der Drehtag vorbei ist, muß ich mich alleine wehren können. Sobald die Schminke ab ist, ist alles ganz anders. Mit jedem kleinen weißen Wattebausch, mit dem ich mir nach einem Auftritt zu Hause die Schminke abwische, wächst mein Bedürfnis, mich schleunigst in meine Wohnung zu verkriechen, wo mich niemand mehr sehen kann, nicht einmal ich.

Dann komme ich nach Hause, ziehe ins Bett und staple das Knäckebrot auf einem Tablett vor mir auf wie einen Turm. Meine Unsichtbarkeit erkaufe ich mir mit einem Rückfall in die Barbarei. Ich streiche mir Butter auf die trockenen Brotscheiben, ich hole mir fetten Käse. Ich räche mich. Will am liebsten wieder zunehmen, von einer beschützenden Fettschicht umhüllt werden, in einem wabbeligen Etwas aufgehen. Ich brauche nicht viel zu essen, um zuzunehmen. In meinem Kopf bin ich immer schon dick. Viel zu dick, obszön dick, so dick, daß ich alle Röcke sprenge und gar nicht mehr aus dem Haus gehen sollte.

Was von Candida übrigbleibt, sind nur noch Fotos

auf Glanzpapier, die etwas festhalten, das es nie gegeben hat. Nur ein Haufen künstliche Erinnerungen, auflösbar in tausend kleine glänzende Punkte. Candida ist eine andere. Sie ist die Frau auf dem Poster. Eine perfekte Frau, die mich ständig zur Rechenschaft zieht. Candida, so lebendig wie eine Rachegöttin.

Ich bin versucht, zum nächsten Fotoautomaten zu laufen, um ein Bild von mir zu machen, um meine Existenz zu überprüfen. Das würde ja ein tolles Bild abgeben: die verrückte Frau im weißen Bademantel, die mitten in der Nacht die Straßen der Stadt nach einem Fotoautomaten absucht. Aber zum Glück bin ich müde und habe keine Lust, mir Schuhe anzuziehen, also lasse ich es bleiben, hole mir ein paar Wasa ins Bett, esse eine Orange. Dann schlafe ich ein.

14

Ich bin in dieses Café gegangen, das »Bagelstudio« heißt und in dem man zu jeder Tageszeit echt amerikanische Bagels essen kann. Ich bestelle ein Sesambagel und einen Cappuccino und warte auf meine Mutter, die wie immer mit einer halben Stunde Verspätung und wie immer mit ein paar Einkaufstüten unterm Arm eintreffen wird. Ich habe oft darüber nachgedacht, warum neue Kleidungsstücke für sie so wichtig sind. Vielleicht, weil für sie ein Kleidungsstück, das schon zu oft auf ihrer Haut gelegen ist, gefährlich ist. Gefährlich, weil es von der eigenen Vergangenheit zeugt und verräterische Spuren der Zeit mit sich trägt.

Als sie endlich da ist, habe ich mein Sesambagel schon längst aufgegessen.

»Mein Schatz, wartest du schon lange?«

Immer die gleiche Frage.

»Nein, nur eine halbe Stunde.«

Immer die gleiche Antwort.

»Und, was gibt's Neues?«

Jetzt müßte ich eigentlich etwas Tolles erzählen, aber mir fällt nichts ein. Vielleicht sollte ich ihr ja von der

Anklage wegen Körperverletzung erzählen, die gegen mich erhoben wurde. Aber ich verzichte darauf.

»Ich habe Drehpause«, sage ich schließlich.

»Ach, das ist ja wundervoll«, sagt sie mit diesem Lächeln, das ich gut kenne. Sie kann mich nicht täuschen. Ich kann förmlich sehen, daß sich irgendwo hinter ihrem roten Lippenstift eine Kritik an mir verbirgt. Mit der Zeit bin ich verdammt gut darin geworden, ihre unausgesprochenen Ideen zu lesen, wahrscheinlich sogar, bevor sie ihr selbst bewußt sind. »Du legst mir immer falsche Sachen in den Mund«, versucht sie sich dann zu wehren, aber es ist sinnlos. Ich weiß, daß sie nicht zufrieden ist, nie zufrieden sein kann. Weder mit mir noch mit sonst jemandem. Aber vor allem nicht mit mir. Viele Leute haben in den letzten Jahren betont, wie sehr wir uns ähnlich sind. Vielleicht ist das sogar der Grund, weswegen sie mit mir so ungeduldig ist. Vielleicht ist es so: Wenn sie mich ansieht, sieht sie sich selbst und ist dann mit der Version ihrer selbst nicht zufrieden. Natürlich weiß ich, was ich tun müßte, um ihr mehr zu gefallen. Ich müßte noch schlanker sein, häufiger Röcke tragen, in Restaurants so lange schimpfen, bis man mir den besten Tisch gibt und beim Autofahren mehr fluchen. Aber ich gefalle mir nicht besonders in Röcken, und ein Auto besitze ich auch nicht, weil ich Autofahren hasse.

Wenn mehrere Leute zugegen sind, führt sie die Unterhaltung. Sie weiß, wie man sich Platz verschafft, schließlich war sie schon lange Zeit vor mir da. Sie ist das Original, dem ich nie ganz gerecht werden werde. Wenn wir zu lange zusammen sind, beginne ich Stück für Stück zu verschwinden. Ich werde klein und ruhig. So klein, daß ich in eine Manteltasche passen könnte, so klein, daß ich wieder in ihren Bauch kriechen könnte, als ihr kleines Geheimnis, mit dem sie kokettieren könnte. Wieder in ihrem Bauch, würde ich sie vielleicht wieder jung machen.

»Ach, das ist ja wundervoll«, sagt sie also, und ich denke nur: Scheiße, ich weiß nicht, warum ich ihr das erzählt habe. Es ist jedes Mal das gleiche. Ich fühle mich immer verpflichtet, ihr etwas aus meinem Leben zu erzählen, aber kaum habe ich das getan, bereue ich es. Meine geheimen Schätze, ihr wie Gaben zu Füßen gelegt, gehören mir nicht mehr, im Augenblick der Übergabe verwandeln sie sich in Schlangen vor ihrem Thron, die sich gegen mich wenden.

»Dein Vater wurde dieses Jahr für die Goldene Palme nominiert. Für sein Lebenswerk. Klingt ein bißchen pompös, findest du nicht?«

»Ja, wahrscheinlich, das heißt nein ... ist doch toll, nicht?«

»Er freut sich sehr darauf. Wurde schließlich ja auch Zeit, oder?«

»Ja, natürlich, natürlich ...« (Was soll ich sonst sagen?)

»So ein Preis wäre für dich auch nicht schlecht. Immerhin bist du jetzt Deutschlands größter Fernsehstar.«

Sie hat den letzten Satz nicht gesprochen, sie hat ihn gebrüllt.

»Um Himmels willen, kannst du nicht ein bißchen leiser sprechen?« versuche ich sie zu bremsen, aber sie fährt unbeirrt in ihrer Lautstärke fort.

»Tut denn deine Ingrid im Moment genügend für dich?«

Neben uns hat sich ein Typ gesetzt. Die Tische hier sind so nah, daß jeder Gast problemlos jedes Wort mit anhören kann. Aber meine Mutter stört so etwas nicht im geringsten.

»Bitte, laß uns zu einem anderen Zeitpunkt darüber reden, okay?«

Meine Mutter zieht ihre Lippen kurz zusammen. Das tut sie immer, wenn sie nervös ist, sie spannt ihre Lippen an und lächelt gequält.

»Wie du willst«, sagt sie. Es klingt, als hätte ich gesiegt, aber so wie sie es sagt, hört es sich nicht so an. Egal. Für jetzt habe ich meine Ruhe. Ich wage einen kurzen Blick zum Nebentisch. Der Mann hat sich eine Zeitung geholt, die er langsam vor sich ausbreitet. Dann dreht er auf einmal seinen Kopf zu mir. Verdammt, ich hasse es aufzufallen, wenn ich nicht gerade auf einem Filmset stehe.

Lily beugt sich nach vorn.

»Liebling, was ist denn los mit dir? Du bist in letzter Zeit so ... so gereizt. Na ja ... und dann ist da noch das, was in den Zeitungen steht ...« Verdammt. Falscher Waffenstillstand. Das hat sie ja geschickt eingefädelt. Kaum wiege ich mich in Sicherheit, schleicht sie sich noch einmal an mich heran.

»Zeitungen sind der letzte Mist. Das solltet ihr doch am besten wissen.«

»Natürlich, aber es gibt doch nie Rauch ohne ein Feuer.«

Sie sagt es triumphierend. Stolz. Sie liebt solche Spruchweisheiten. Ich sage nichts. Wünsche, ich hätte etwas zu essen vor mir, aber ich habe mein Sesambagel schon verschlungen. Ich habe das Gefühl, unbedingt etwas machen zu müssen. Vielleicht ein Mohnbagel bestellen? Ich spüre die Blicke des Mannes am Nebentisch. Vielleicht irre ich mich auch. Ich fühle mich oft von Leuten angestarrt. Josephine meint, das sei, weil ich paranoid bin. »Das kann man heilen, weißt du? Man muß nur seinen Psychosen gründlich auf die Schliche kommen.«

»Ah ja?« hatte ich geantwortet und mir vorgestellt, wie ich mit einem erfahrenen Psychosenjäger in dem

Urwald meiner Existenz nach auffallendem Verhalten fahnden würde; wir würden es umzingeln, als ob es ein Untier wäre, würden die Spuren untersuchen, die es hinterläßt, seine Fährte weiter und weiter verfolgen, bis wir tief zurück in die Kindheit kommen würden. Von dort aus würden wir unsere Kreise ziehen, so lange, bis wir das Psychosentier gefangen in unseren Händen halten und es schließlich in seinen Käfig stecken würden. Ein Wort, eine Geste würde genügen, um das Rätsel zu lösen, man müßte nur das wertvolle Wort finden, das sich wie eine Perle im Schlamm versteckt hält. Ich denke an Magnus. Manchmal glaube ich, daß durch seine jahrelange Therapie alles nur noch schlimmer geworden ist.

Lily sieht mich wieder mit diesem fragenden Blick an.

»Kannst du dich eigentlich noch an die schwarzen Lackschuhe für meine Kommunion erinnern?«

»Wie bitte?«

»Ach, vergiß es.«

Eine Zeitlang schweigen wir uns an. Ich weiß, sie wird nicht lockerlassen. Bis ich ja gesagt habe, bis ich ein Stück meiner Selbstbestimmung geopfert habe. Aber diesmal werde ich nicht ja sagen.

»Und was gibt's sonst noch Neues?«

»Dein Vater soll bald Werbung für Pralinen machen.«

»Ah«, sage ich, »schön.«

»Weißt du, wir müssen uns nicht treffen, wenn es für dich immer eine solche Qual ist.«

Ich werde augenblicklich rot. Sie hat ziemlich laut gesprochen.

»Es war immerhin deine Idee«, fügt sie noch hinzu. Ich möchte protestieren, alles auf sie schieben, aber es gelingt mir nicht. Ich war tatsächlich diejenige, die sie angerufen und ihr vorgeschlagen hat, uns hier zu treffen. So wie sie halte auch ich an meiner Rolle fest. Indem wir uns nicht verändern, werden wir immun gegen die Zeit, das Altern, den Tod. Was gleich bleibt, stirbt nicht. Und so bleibe ich für immer ihre kleine Tochter, sie bleibt für immer meine Mutter. Wir werden nicht weiser, dafür aber auch nicht älter.

Ich fühle mich auf einmal so verdammt müde. Ich sehne mich nach meiner Couch, ich sehne mich nach meiner Stille. Nach den Dingen, die mich festhalten, die mich beschützen.

»Ich muß jetzt los, wir sehen uns dann.«

Zu Hause liegen ein paar Briefe in meinem Kasten. Weiße Umschläge, handgeschrieben. Ich identifiziere sie sofort als Fanbriefe. Mit der Zeit habe ich gelernt, sie auf den ersten Blick zu erkennen. Mit der zweiten oder dritten Folge von Vera ist es losgegangen. »Liebe Vera!« (Oft machen sie sich nicht einmal die Mühe, meinen richtigen Namen rauszufinden.) »Liebe Vera!« Ingrid meinte, ich solle eine Agentur beauftragen, die sich darum kümmert. Meistens wollen die Briefschreiber ein Autogramm, manchmal aber auch einen Rat, oder sie wollen mich einfach nur heiraten. Ein Typ ist da besonders hartnäckig. Er schickt mir seit drei Wochen jeden Montag ein Shakespeare-Sonett. Er unterzeichnet jedes Mal mit J.

Geliebte Candida – so fängt er immer an –, geliebte Candida! Der Typ kennt mich überhaupt nicht.

»Ich finde, du solltest einem dieser Typen mal 'ne Chance geben.«

Ich habe Magnus angerufen, der vor ein paar Tagen wieder vom Empire State Building zurückgekehrt ist.

»Bist du wahnsinnig? Und dann erdrosselt im Graben enden?«

»Warum bist du immer so mißtrauisch?«

»Ich lese Zeitungen.«

»Ach, Candida, die Welt ist nicht so schlimm, wie du denkst«, singt Magnus süß ins Telefon.

Er schwebt immer noch in den Wolken. Er hat sich mit Yin verlobt und ist seit neuestem ein unerträglicher Ausbund an Optimismus.

»Und wie geht es Verdi?« frage ich, um nicht mehr über mich reden zu müssen.

»Vergiß Verdi! Ich werde eine Komödie schreiben. Eine echte Liebeskomödie, mit Happy-End.«

»Sag mal, Magnus, hättest du nicht Lust, mich zum Filmball zu begleiten?«

»Dich zu begleiten?«

»Na, du weißt schon, den Typen im dunklen Anzug mimen, bei dem ich mich einhake und mit dem ich die Treppen hochgehe und über den am Schluß jeder rätselt, ob er meine neue Liebe ist. Es sei denn, du möchtest lieber auf den Rummel verzichten, dann kann ich immer noch eine Anzeige in der Zeitung aufgeben. SUCHE MANN IM DUNKLEN ANZUG. MUSS ERFAHRUNG IM TREPPENSTEIGEN MITBRINGEN.«

»Also, wenn du jemanden zum Treppensteigen brauchst, ist das kein Problem. Ich bin unglaublich gut im Treppensteigen. Es wäre eine Ehre für mich, meine Süße. Hast du denn schon ein Kleid?«

»Ach, ich habe mir gedacht, ich gehe nackt hin, um ein wenig Aufsehen zu erregen ... natürlich habe ich ein Kleid«, antworte ich entrüstet.

»Also gut, dann sehen wir uns ja bald. Ich freue mich, meine Holde.«

Das Kleid habe ich natürlich nicht. Diese Tatsache habe ich bis jetzt erfolgreich verdrängt, aber Magnus' Bemerkung hat mich wachgerüttelt. Meine Mutter hat mir, als ich ihr von meiner Einladung erzählt hatte, schon angeboten, mit mir etwas auszuwählen.

»Nein!« hatte ich sie angeschrien, als hätte sie vorgeschlagen, zusammen mit ihr Hand in Hand vom Dach zu springen.

»Nein ... ich meine ... das ist lieb von dir, aber ich schaffe das schon.«

Die Vision, nach zehn Jahren auf einmal wieder mit meiner Mutter in einer Boutique zu stehen, war einfach zuviel gewesen.

Außerdem würde ich jemanden brauchen, der mein Gesicht leinwandreif machen würde. Und jemanden, der meine Haare macht. Und meine Nägel lackiert. (Ich bin ausgesprochen schlecht im Nagellackieren.) Das Ganze ermüdet mich jetzt schon. Es ist zwar erst drei Uhr am Nachmittag, aber ich beschließe, mich vorerst von der Welt zu verabschieden. Ich ziehe die Vorhänge zu, schlüpfe in mein grünweißgestreiftes T-Shirt und hoffe auf eine amerikanische Fernsehserie. Statt der Serie läuft eine Wiederholung von »Ein Fall für Vera«. In dieser Folge deckt sie einen Mord auf. Sie hat eine Waffe in der Hand und verfolgt in einer Parkgarage ihren Mandanten, der schuldig ist. Vera ist einfach einmalig. Ich wünschte, ich könnte so sein wie sie. Der unmöglichste aller Wünsche, da ich bereits sie bin.

Ich schalte den Apparat aus, krieche unter die Decke und mache alles dunkel. Ich will in diese Dunkelheit eingehen, sie soll mich aufnehmen, mich schlucken und mich nie wieder gehen lassen.

Irgendwie wird alles immer enger. Fast hoffe ich auf einen Traum mit Paul. Darauf, ihn endlich besiegen zu können. Das komische Gefühl, daß alles gut werden würde, wenn ich ihn nur endlich besiegen könnte.

15

Ich sitze mit einer Pohälfte auf dem Badewannenrand in Josephines Badezimmer. Schon vor drei Stunden hat sie mir die Haare gewaschen, sie kunstvoll in Lockenwickler eingedreht und mir eine grüne Maske ins Gesicht geschmiert. Jetzt kringeln sich meine Haare in kleinen Engelslöckchen, mein Gesicht ist bemalt und bepinselt, und an meinen Fingernägeln leuchtet *Pamino Rouge* von Chanel. Dazu hat sie mich in eines ihrer Christian-Lacroix-Kleider gesteckt.

»Und du findest wirklich nicht, daß ich wie ein wandelnder Brokatteppich aussehe?«

Josephine schnaubt empört.

»Hier, nimm«, sagt sie und wirft mir ein paar riesige goldene Ohringe zu. Ich werde immer schwerer. Allein die Ohringe müssen mindestens drei Pfund wiegen.

»Ich weiß nicht ... Josephine ... und was ist, wenn ich in Jeans hingehe?«

»Darauf antworte ich nicht. Außerdem haben wir jetzt keine Zeit für Späße. Der Ball fängt in zwei Stunden an«, zischt sie.

»Schon okay«, sage ich. Je mehr sich Josephine um

mein Auftreten Sorgen macht, desto relaxter werde ich. Schließlich liegt es jetzt in ihren Händen, wie ich auf dem Ball aussehen werde.

»Wer weiß, vielleicht lernst du heute abend ja deinen Traumprinzen kennen«, sagt sie mit einem breiten Lächeln.

»Ja, wahrscheinlich irgend so einen erfolglosen, egozentrischen Schauspieler, der ganz versessen darauf ist, mit mir in den Schlagzeilen zu stehen. Nein danke!«

»Sei doch nicht so verdammt pessimistisch.«

»Okay, dann eben ein erfolgreicher, egozentrischer Schauspieler, der ganz versessen darauf ist, mit mir in den Schlagzeilen zu stehen.«

Bevor Josephine antworten kann, klingelt es an der Tür. Es ist Magnus. In einem unglaublich häßlichen weißschwarzgestreiften Anzug. Er strahlt wie ein Honigkuchenpferd.

»Hallo, meine Ballkönigin. Wie findest du meinen Anzug?«

Ich überlege, wie man jemandem schonend beibringt, daß er wie ein Zuhälter aussieht.

»Deinen ... äh ... Anzug?«

»Kommt jetzt, Kinder, ihr müßt los«, versucht Josephine.

»Ich habe mir den Anzug heute extra gekauft. Magst du ihn?«

»Ehrlich gesagt, ich finde ihn grauenhaft.«

»Also, Yin fand ihn ganz toll.«

»Wahrscheinlich hast du ihn ihr auch nur übers Telefon gezeigt.«

Magnus lächelt immer noch. Ich glaube nicht, daß er gehört hat, was ich gesagt habe. Wir beide werden ein tolles Paar abgeben. Der wandelnde Brokatteppich und der Zuhälter.

»Bist du bereit, meine Ballkönigin?«

»Nenn mich nicht immer deine Ballkönigin.«
»Okay, meine Ballkönigin.«

Der Saal, in dem der Ball stattfindet, ist hell erleuchtet. Viele Kerzen, Kronleuchter, dazwischen Fotografen und sogar ein paar Kameramänner, die mit Handkameras auf die bekannten Gesichter aus dem Showgeschäft warten.

Meine Eltern habe ich bereits erspäht, sie sitzen nur ein paar Tische weiter rechts von mir. Nun bin ich wie sie. Genauso berühmt, genauso professionell. In diesem Moment spüre ich stärker denn je, wie sehr wir uns als Familie von den anderen Menschen unterscheiden. So wie die Menschenfresser, die immer nur alleine unter sich leben können. Wir sind Menschenfresser, auch ohne Gabeln und Messer. Es genügt, wenn wir den anderen nicht zuhören und uns statt dessen bewundern lassen. So schaffen wir uns unser eigenes Menschenfresserreich, in dem es nur Menschenfresser gibt. Über das Märchen vom Däumling hatte ich immer nur lachen können. Meine Eltern hätten mich nie ausgesetzt. Wir würden für immer zusammenhalten.

Lily trägt ein rotes Kleid aus Satin, mit dem sie inmitten der Menge leuchten kann, und Harald einen seiner maßgeschneiderten schicken Anzüge. Mutter ist bestimmt mal wieder dabei, den Reporter neben ihr einzuwickeln. Sie konnte immer schon wunderbar Reporter einwickeln. Sie stellt sich ein bißchen dumm, lächelt charmant, und schon ist es geschehen.

»Candida, schauen Sie hierher. Sagen Sie uns, wie fühlen Sie sich heute abend?«

»Oh, ich bin natürlich sehr aufgeregt«, antworte ich und schaue in das Scheinwerferlicht, das gerade jemand angeknipst hat. Dieses weiße Licht, das aus den Halogenspots strahlt, ist grausam grell und schmerzt, aber schon früh habe ich gelernt, die Kraft des Lichts in eigene Stärke umzuwandeln. Der Trick ist, es einfach anzustarren, ohne zu weinen.

»Du mußt das Licht zu deinem Verbündeten machen«, hat mir mein Vater beigebracht. »Regel Nummer eins lautet: Nicht blinzeln! Unter gar keinen Umständen!«

Ich kann mich noch gut an den Tag erinnern, an dem ich gelernt hatte, das Scheinwerferlicht zu meinem Komplizen zu machen. Ich war dreizehn Jahre alt und hatte meine erste Rolle im Fernsehen. Viel hatte ich nicht zu sagen, aber immerhin bekam ich ein Close-up. Wie in Trance folgte ich dem Aufnahmeleiter über die vielen Kabel und Stative aufs Set. Und dann war es soweit: Mit einem Mal stand ich in einem gleißenden Licht. Ich erinnerte mich an die Worte meines Vater und starrte todesmutig in den weißen Abgrund. Dort spürte ich zum erstenmal, wie es war, wenn das Licht jemanden aufnimmt und erstrahlen läßt. Das Licht muß mir gutgetan haben, denn ich war so gut, daß meine Szene nur zweimal gedreht werden mußte.

»Wissen Sie, es ist einfach toll, hier zu sein. Schon als Kind...«

»Candida, Candida«, ruft jemand von links.

Ich drehe meinen Kopf zur Seite, auch dort wartet Scheinwerferlicht auf mich, und ich lächle noch einmal.

»Oh, Mann, ich hoffe, das geht nicht den ganzen Abend lang so weiter«, zische ich Magnus zu, dem das Ganze überhaupt nichts auszumachen scheint; er amüsiert sich anscheinend köstlich. Neben mir sitzt Susan Ferrare, die dunkelhaarige zierliche Schauspielerin aus der Serie »Alles in allem«. Sie lächelt mit einem dunkelbraunen Lippenstift.

»Hallo, Candida. Das ist ja schön, neben Ihnen zu sitzen«, sagt sie und strahlt dabei.

»Ja, freut mich auch«, sage ich.

Für meinen Geschmack lächelt sie allerdings ein bißchen zu viel, um es ernst zu meinen.

Ich schaue kurz zu meinen Eltern. Dies ist der Moment, auf den ich so lange gewartet habe. Am liebsten würde ich ihnen zurufen: »Hey, wißt ihr noch, wie sehr ich euch damals immer begleiten wollte? Jetzt habe ich es geschafft, jetzt bin ich so groß und berühmt wie ihr. Was sagt ihr dazu, hm?«

Aber natürlich tue ich es nicht. Trotzdem würde ich gerne wissen, ob meine Eltern vielleicht irgendwie stolz auf mich sind.

Wie zur Antwort wirft mein Vater mir einen kurzen Filmblick zu. Dann nickt er mir mit bedeutungsvoller Miene zu, wie in einem blöden Film, als sei ich nur seine Filmtochter, gemietet für zweitausend Mark am Tag. Natürlich weiß auch er, daß wir in diesem Moment vielleicht fotografiert werden. Er knipst seine Ausstrahlung an wie andere einen Lichtschalter.

Lily nickt mir kurz zu, und ich sehe, wie sie mein Kleid mit diesem für sie so typischen kritischen Blick mustert. In dem Moment weiß ich, ich könnte auf Hunderte von Bällen gehen und hundert Folgen von Vera drehen, am Ende würde sie mir immer noch diesen kritischen Blick zuwerfen.

Inmitten dieses Blitzlichtgewitters fällt mir auf einmal das Märchen ein, das mir meine Mutter einmal erzählt hatte, als ich ein kleines Mädchen war, und in dem es um eine Meerjungfrau geht. Die kleine Meerjungfrau ist wunderschön und hat auch einen tollen türkisfarbenen Fischschwanz, aber aus irgendeinem Grund hat sie sich in den Kopf gesetzt, daß menschliche Beine viel besser wären. Sie ist es leid, von den Menschen wegen ihrer Fischschuppen ausgelacht zu werden, und sehnt sich danach, die Menschen als Freunde zu haben. So erkauft sie sich eines Tages von einer alten Hexe die Fähigkeit, laufen zu können. Der Preis, den sie für das Laufen bezahlen muß, ist sehr hoch: Sie verliert nämlich ihre Sprache. Sobald sie den Pakt mit der Hexe eingegangen ist, kann sie kein einziges Wort mehr rausbringen, sie wird einfach stumm. Ob sie es am Schluß bereut oder nicht, sagt das Märchen nicht, und ich habe auch vergessen, wie die Geschichte ausgeht. Aber ich hielt es immer für eine sehr traurige Geschichte und wünschte mir damals fast, daß meine Mutter sie mir nie erzählt hätte.

Ich blicke auf mein geliehenes Kleid, meine gelackten Nägel und versuche mich davon zu überzeugen, daß ich glücklich bin. »Schau, jetzt bist du endlich hier, davon hast du doch so lange geträumt«, sage ich zu mir, »du hast es geschafft, du bist schön, und du sitzt hier im Filmball.« Aber es gelingt mir nicht so recht. Die Meerjungfrau will mir nicht mehr aus dem Sinn, und ich weiß nicht, was ich tun kann, um dem Märchen einen neuen Schluß zu geben.

Als sich mein anderer Tischherr vorstellt, bin ich in Gedanken immer noch auf dem Meeresboden bei meiner Meerjungfrau, bevor sie den fatalen Tausch mit der Hexe eingeht. Ich flehe sie an, es nicht zu tun, aber sie hört nicht auf mich. »Nein«, möchte ich schreien, »tu's nicht.« Aber ich weiß, daß es zu spät ist. Mit Grauen denke ich daran, daß sie für immer ihren Fischschwanz aufgeben wird. Sie wird diesen fürchterlichen Tausch mit der Hexe machen und nie wieder unter Wasser spielen können.

Ich fühle mich auf einmal so verunsichert, daß mir schwindlig wird. Schnell werfe ich einen Blick zu meinen Eltern, aber sie lächeln und klatschen genauso wie die anderen. Selbst sie, die berühmten und mächtigen Magier meiner Kindheit scheinen so weit weg, als seien sie mit der dunklen neutralen Masse der anderen Gäste zusammengeschmolzen. Ich bin ganz auf mich allein gestellt, niemand, der mir sagt, was ich tun soll.

»Freut mich sehr, Sie kennenzulernen«, sage ich und fühle mich dabei so verlassen wie noch nie. Von da an geht alles wie im Traum. Das, was außen ist, nehme ich kaum noch wahr. Die Menschen um mich herum haben keine Augen mehr, keine Hände, ich höre nur noch ein unverständliches Gemurmel, Worte, die leise gedämpft klingen und deren Sinn für mich nicht erkennbar ist. Ich weiß nur, daß ich auf einmal so ein komisches Gefühl im Magen habe, als ob ich mich übergeben müßte.

»Entschuldige mich bitte, ich muß mal kurz an die frische Luft«, sage ich noch zu Magnus. Dann stehe ich auf und verlasse den Saal.

Auf der Toilette beruhige ich mich wieder.

Noch immer das mulmige Gefühl im Magen, aber wenigstens bin ich allein. Und jetzt? Wieder da rein zu den Objektiven, zu den hungrigen Blicken? Nie im Leben.

Der Notausgang ist leicht zu finden. Immer den grünen Pfeilen nach. Ich bete zu Gott, daß ich niemandem begegne, und er erhört mich.

Ein paar Treppen nach unten, dann bin ich draußen.

Unten ist ein Taxi.

»Fahren Sie mich in die Stadt.«

»Wohin möchten Sie denn?«

»Das ist mir egal, fahren Sie nur, ich bitte sie, ich muß weg hier.«

Im Taxi fange ich an zu frösteln, meine Zähne klappern, und meine Hände zittern. Ich bitte den Taxifahrer, die Heizung anzuschalten, aber es hilft nicht.

Irgendwo, vor einem Café, das »Cosmo« heißt, steige ich aus.

Ich setze mich in eine Ecke und bestelle eine heiße Schokolade ohne Sahne. Ich brauche jetzt etwas Warmes, Süßes, das meinen Hals langsam herunterrinnen würde, etwas, das mich langsam schläfrig machen würde, mit ein bißchen Glück sogar taub.

Es fühlt sich an wie vier Uhr morgens, aber nicht einmal das stimmt.

Die Wahrheit ist, nichts stimmt. Alles fühlt sich verrückt an, falsch. Falscher Ort, falscher Zeitpunkt. Wie oft habe mir früher gewünscht, Applaus zu bekommen, Interviews zu geben und fotografiert zu werden. Jetzt habe ich all das erreicht, wovon ich seit meiner Kindheit geträumt habe, und was tue ich? Ich bekomme bei öffentlichen Anlässen hysterische Anfälle und flüchte in lausige Cafés.

Ich bestelle ein Bier. Hole mir vom Automaten in der Ecke eine Packung Zigaretten, obwohl ich nicht rauche. Bier und Zigaretten, das holten sich doch die Typen im Kino im dritten Akt immer, wenn es Probleme gab.

Dann trinke ich das Bier. Zwischendurch ziehe ich an der Zigarette. Ich inhaliere und schließe dabei die Augen, als hätte ich noch einen Wunsch frei.

Was würde ich mir wünschen? Wahrscheinlich würde ich mir wünschen, auf der Stelle einzuschlafen und auf einer einsamen Insel im Pazifik wieder aufzuwachen. Aber ich bin mir nicht sicher, ob das wirklich mein größter Wunsch wäre, den ganzen Tag am Strand zu sitzen und Kokosnüsse zu essen. Außerdem ist das so eine Sache mit den Wünschen. Man muß aufpassen, denn manchmal verwirklichen sie sich. Und was würde ich dann tun? Wahrscheinlich einsam vor Palmen hokken, während sich vor mir die Kokosnüsse stapeln, die ich nicht aufbekommen kann.

Was ich wirklich möchte, weiß ich nicht. Meine geheime Begierde habe ich irgendwo unter meiner Haut versteckt, wo sie lauert. Nackt und rosa, wie ein ungeborenes Baby, das noch keinen Namen hat. Ich spüre meine Sehnsucht. Sie ist da, irgendwo zwischen zwei einsamen nächtlichen Scheiben Knäckebrot und Käse, ich kann sie fast anfassen, und doch entflieht sie mir. Sie schreit und möchte fließen, möchte meine einsamen Nächte durchbrechen, sich mit den Begierden eines anderen Menschen verbinden. Diese Sehnsucht ist keine Sehnsucht nach Applaus, und auch nicht nach einer Insel, sie ist eine Sehnsucht nach etwas anderem. Aber was ist sie dann? Was?

Der Erfolg ist mir egal, schlimmer noch, er ist bedeutungslos. Langsam bin ich zu einer Frau wie Vera geworden. Vera, die domestizierte Tigerin mit gepflegten Nägeln und beigefarbenen Handtaschen. Sie tritt auf den Asphalt und hält den Atem an, ihre Dämonen hat sie in ihrem Aktenkoffer verstaut, ihre Ängste treten nur in homöopathischen Dosen in Erscheinung. Die großen Ausbrüche wären sowieso nichts fürs Abendprogramm.

Ich weiß nicht einmal genau, welche Jahreszeit wir haben. Irgendwann muß ich aufgehört haben, an die Jahreszeiten zu glauben. Ich habe aufgehört, auf die roten Blätter im Herbst zu schauen, Frühlingsluft im Februar zu erkennen. Herbst. Winter. Frühling und Sommer. Die Zeiten wechseln sich ab, und dann fängt das Ganze wieder von vorn an. Eine Jahreszeit trägt ihren Namen wie ein Buch seinen Titel, und das ist alles. Ich habe mich auf meine Burg verzogen, als ob ich auf der Flucht wäre. Während draußen gelebt wird, vergeht die Zeit für mich nicht, sie dehnt sich einfach nur weiter wie ein endloser Kaugummi, ohne Widerstände und ohne Veränderungen.

Ich bin die »Prinzessin auf der Erbse«, die nicht einmal merken würde, wenn unter ihr ein riesiger Kürbis liegen würde.

Was ist nur passiert? Irgendwann muß ich das Gefühl für Erbsen verloren haben.

Als ich wieder hochblicke, hat sich ein Mann zu mir an den Tisch gesetzt.

»Macht es Ihnen etwas aus, wenn ich mich dazusetze? Ich weiß, es mangelt hier nicht gerade an freien Plätzen, aber ich esse so ungern alleine.«

Er hat kurze, platinblond gefärbte Haare, bernsteinfarbene Augen und eine Haut, die dunkler ist als meine.

Aus einem unerfindlichen Grund sage ich ja.

»Danke.«

Er lächelt. Überraschendes Lächeln. Er hat eine kleine Lücke zwischen seinen Vorderzähnen. Ich kann mir ein Schmunzeln nicht verkneifen.

»Was ist?« fragt er.

»Ich hatte auch mal eine Zahnlücke«, sage ich.

»Wirklich?«

Er lacht.

»Darauf müssen wir anstoßen.«

Er hebt sein Glas.

»Auf die Geschwister der Zahnlückenbande!«

Ich stoße mit meiner Bierflasche an sein Glas. Ich habe noch nie einen Mann mit diesen Augen und dieser Hautfarbe gesehen. Irgendwie muß ich ihn die ganze Zeit anstarren.

»Ich bin übrigens Chris.«

»Ich bin Candida.«

»Hallo, Candida«, sagt Chris und lächelt. »Gehen Sie noch irgendwohin?«

»Nein ... warum?«

»Na ja, Sie sehen ziemlich festlich aus.«

»Ach, das...«, sage ich und nehme noch einen Schluck aus der Bierflasche.

»Haben Sie gerade Ihre Verlobung oder so abgesagt?«

»Wie kommen Sie denn darauf?«

»Irgendwie sehen Sie ein wenig aus, als wären Sie vor Ihrer eigenen Hochzeitsfeier geradewegs in dieses Café hier geflüchtet.«

Ich muß grinsen.

»Vielleicht haben Sie da gar nicht mal so unrecht.«

»Und während die Hochzeitsgäste weiterfeiern, sitzen Sie hier einsam im ›Cosmo‹. Das erinnert mich an eine Szene aus einem Film.«

»Tja, manchmal ist das Leben eben wie eine Fernsehserie.«

»Und was machen Sie sonst so in Ihrem Leben, wenn Sie nicht in einer Fernsehserie mitspielen?«

»Das ist eine gute Frage. Eine verdammt gute sogar«, sage ich und trinke den Rest aus der Flasche, während ich spüren kann, wie mein Körper sich – durch den Alkohol ermutigt – langsam entspannt.

»Fragen Sie mich lieber was anderes.«

»Würden Sie mich denn heiraten?«

Langsam, aber sicher bessert sich meine Stimmung, ich kann sogar wieder lächeln.

»Wie bitte?«

»Wär doch Klasse. Wir haben die besten Voraussetzungen dafür. Wir kennen uns noch nicht und respektieren uns. Wir würden immer höflich bleiben und uns siezen. Außerdem könnten wir glückliche Kinder mit Zahnlücken zeugen.«

Chris lacht. Weiße Zähne hinter weichen, vollen Lippen. Ich kann nicht aufhören, ihn anzusehen.

»Chris, Sie sind ja verrückt! Erzählen Sie mir lieber, was Sie denn so machen, wenn Sie nicht gerade in Cafés wildfremde Frauen bitten, Sie zu heiraten.«

»Ich bin Künstler. Maler, Illustrator, was auch immer. Manchmal schwebe ich aber auch über den Dächern der Stadt.«

»Über den Dächern der Stadt?« frage ich etwas ungläubig.

»Ja, ein Freund von mir hat ein Fensterputzbusineß, und manchmal fahre ich dann in seinen Kabinen spazieren.«

»Sie meinen, in diesen kleinen Kabinen, bei denen im Kino immer das Seil reißt?«

Er lächelt wieder.

»Um Himmels willen, Chris«, sage ich und stelle mir vor, wie er als blondgefärbter Engel mit einer Bürste und einem Eimer durch den Wolkenkratzerhimmel der Stadt fliegt.

»Ich fühle mich wohl da oben. Der Wind weht härter, die Sonne sticht, und unten ist alles ganz winzig...«

»Stopp, ich krieg jetzt schon Höhenangst!«

Chris lächelt mich ein wenig schief an.

»Hat Ihnen eigentlich schon einmal jemand gesagt, daß Sie wie ein Tiger aussehen?«

»Wie ein Tiger?«

»Ja, Sie haben etwas von einer Raubkatze. Ihre Augen, Ihre blonden Haare...«

Ich lächle verlegen und frage mich, ob das so etwas wie ein Kompliment war, aber Chris schaut mich freundlich an, und ich nehme an, es ist so.

»Haben Sie die Stadt schon mal von oben gesehen?«

»Von oben...?«

»Kommen Sie mit, ich werde Ihnen was zeigen.«

Chris steht auf und nimmt meine Hand. Als er neben mir steht, bekomme ich einen Schock. Er ist mindestens zwei Meter groß.

»Chris ... wie groß sind Sie denn um Himmels willen?«

»Zwei Meter drei, wir Neuseeländer sind meistens ziemlich große Burschen.«

»Sie sind aus Neuseeland?«

»Ja, vom anderen Ende der Welt sozusagen. Jetzt, wo es hier Frühling ist, bricht bei uns gerade der Winter an. Und die Schafe bekommen jetzt ein ganz dichtes Fell. Aber darüber können wir uns auch ein anderes Mal unterhalten. Los. Das Leben ist kurz, und wir werden immer älter«, sagt Chris und greift nach meiner Hand. Und bevor ich mir überlegen kann, ob ich protestieren soll, ist es zu spät und Chris hat mich schon aus dem Café gezogen.

Wir wandern durch die dunklen Straßen, und irgendwann landen wir vor einem Hochhaus, an dessen Gerüst Chris' Gefährt angebracht ist.

»Also dann. Von mir aus kann's losgehen. Es sei denn, du leidest unter Höhenangst.« (Irgendwann ist er unmerklich in ein »du« hinübergeglitten.)

»Nicht, daß ich wüßte«, sage ich und steige mit Chris' Hilfe in meinem langen Lacroix-Kleid in das Fensterputzschiff.

»Ich hoffe nur, daß das Gerät mich und mein Kleid auch tragen kann.«

»Keine Sorge. Also dann, los geht's!«

Chris drückt auf einen roten Knopf, und das Gerüst, auf dem wir stehen, schnellt in die Höhe.

»Wow!« sage ich. »Das Ding hat ja ein ganz schönes Tempo drauf.« Aber Chris antwortet nicht, sondern lächelt nur sanft in die samtige Nacht hinein, die an uns vorbeigleitet wie ein abgeworfener Mantel. Alles beginnt kleiner zu werden, nur der schwarze Himmel wächst und wir in ihn hinein. Unwillkürlich greifen meine Hände etwas fester nach dem Gerüst.

»Ist das nicht toll? Je höher ich nach oben muß, desto besser. Hast du schon mal bemerkt, wie langsam sich dort alles zu bewegen scheint, wenn man es von hier oben betrachtet?«

Dann hält Chris das Gefährt auf einmal ruckartig an. Wir sind ganz oben angelangt.

»Ich dachte schon, wir würden immer weiterfahren«, sage ich und versuche, nicht zu sehr nach unten zu schauen.

»Hast du Angst?«

»Nein ... es ist nur ... etwas ... ungewohnt.«

Chris lächelt und dreht seinen Kopf ein bißchen zur Seite. Seine Augen sind mandelförmig, und seine Hautfarbe erscheint in der Dunkelheit noch dunkler als vorhin.

»Woher bist du eigentlich, Chris?«

»Mein Vater kommt aus Trinidad, meine Mutter ist Neuseeländerin.« Er schmunzelt. »Ist das okay?«

»Aber ... natürlich ... entschuldige, war vielleicht eine blöde Frage, aber ich meine ... ich finde dich einfach nur sehr schön, und ich ...«

Ich kann spüren, wie ich rot werde.

»Wie ist denn Neuseeland eigentlich so?« frage ich ihn, um das Gespräch auf etwas anderes zu lenken.

Wieder schmunzelt er. Wieder seine vollen Lippen, wieder seine Augen, die lächeln.

»Nicht so schön wie du, mein Tiger«, sagt er sanft, während er einfach meinen Kopf in seine Hände nimmt und mich auf den Mund küßt. Als er meinen Kopf wieder losläßt, dreht sich alles.

»Vielleicht ... vielleicht sollten wir wieder runterfahren«, sage ich.

»Vielleicht sollten wir hierbleiben«, antwortet Chris, während er meine Hand leicht berührt. Die Hand faßt unbewußt nach seiner, aber läßt sie auf einmal wieder los. Was soll das? ermahne ich mich. Dies hier ist nicht mein Terrain. Hier gibt es keinen Médoc und auch kein Basilikumpflänzchen. Das alles könnte mir viel zu leicht entgleiten.

»Ich glaube, wir sollten doch wieder runterfahren. Außerdem mußt du mir etwas über Neuseeland erzählen.«

»Okay, *sweetheart.*«

Das *sweetheart* hat er nett gesagt. So nett, daß ich ihn fast bitte, es noch einmal zu wiederholen.

»Du willst also, daß ich dir etwas über Neuseeland erzähle? Das kann ich gerne machen«, sagt er, während das Gefährt uns langsam nach unten bringt. Als er gerade anfangen will zu erzählen, unterbreche ich ihn.

»Weißt du was, vielleicht sagst du mir lieber doch nichts darüber. Dann kann ich mir noch alles darunter vorstellen. Ich habe noch nie Fotos oder Filme darüber gesehen. Das ist so selten, ich meine, heutzutage glaubt man doch, eh alles zu kennen, weil man ja alles irgendwann einmal gesehen hat. Wer muß heute noch in die Wüste fahren oder ans Meer, wer muß New York oder Paris tatsächlich sehen? Meist ist man doch sowieso enttäuscht, weil alles im Film viel besser aussah, und weil man sich vorher noch auf etwas freuen konnte. Nein, erzähl mir lieber nichts«, sage ich also, während ich weit über die Stadt hinausblicke und mir ausmale, wie irgendwann dahinter Neuseeland beginnt.

Wieder unten auf der Erde, gehen Chris und ich die dunklen Straßen entlang. Er hat wieder nach meiner Hand gegriffen, und ich habe sie ihm gelassen. Vielleicht, weil es zu dieser Nacht paßt, vielleicht auch nur, weil ich Lust dazu habe.

Es fühlt sich gut an, und ich denke an Josephine, die mir gesagt hat, daß ich ein bißchen Abwechslung gebrauchen könnte. Bestimmt würde sie sich über die Geschichte von Chris, dem neuseeländischen Maler freuen, der mit mir auf fliegenden Stahlschiffen in die Nacht fuhr und mit mir händchenhaltend durch die dunkle Stadt ging.

»Glaubst du an Engel?« frage ich Chris in einem Überschwang an Vertrauen.

»Natürlich, du nicht?«

»Ich weiß nicht. Als ich klein war, hat mir meine Mutter immer von Engeln erzählt, die jede Nacht auf Betten sitzen, um über den Schlaf der Kinder zu wachen. Also habe ich mich immer schlafend gestellt und dann nach einer Weile ganz schnell die Augen aufgemacht, weil ich gehofft habe, somit einen Blick auf den Engel an meiner Bettkante erhaschen zu können, aber ich war wohl immer zu langsam, denn ich verpaßte ihn immer. Doch wer weiß, vielleicht hat es ihn ja auch nie gegeben.«

»Oder er wartet noch immer jede Nacht an deiner Bettkante darauf, daß du ihn entdeckst.«

Ich muß lächeln.

»Wenn du willst... ich habe noch ein schönes Vollkornknäckebrot von Wasa zu Hause, zu dem ein Médoc 1992 wunderbar passen würde...«

Chris sagt nichts. Er sieht auf einmal ein wenig ernst aus, so als würde er mir nicht ganz trauen. Aber seine Augen sind so hell, und ich fühle mich so leicht, als hätte unser Ausflug nach oben all meine Ängste in den Wolken verschwinden lassen. Ich werde ganz sanft sein, hauche ich ihm in meinen Gedanken zu, während ich mich vorsichtig nach vorne beuge und langsam seinen Hals küsse. Wie schlank er ist, merke ich erst jetzt, wo ich meine Arme um seine Hüften schlinge. Sein Körper ist so zart. Seine Verletzlichkeit greifbar. Dann gibt es einen kleinen Ruck beim Hochfahren des Lifts, und ich lehne mich noch weiter nach vorn, wo mich Chris' zarter Körper erwartet, und ich schließe meine Augen, während die Stadt irgendwo draußen senkrecht an uns vorbeifällt.

16

Am nächsten Morgen wache ich in seinen Armen auf. Weiche, olivenfarbene Arme, die jedoch im Morgenlicht ein wenig dünn aussehen. Er hat seine Augen geschlossen, und ich sehe ihn an, sehe zum ersten Mal richtig, zum ersten Mal im Tageslicht, diesen Mann, mit dem ich die Nacht verbracht habe und der jetzt in meinem Bett liegt. Sein langer dunkelhäutiger Körper ist in meine weißen Laken eingewickelt, und seine Lippen sind friedlich geschlossen.

Dann stehe ich auf. Ich ziehe mir den Pyjama an und gehe in die Küche. Mein erster Griff, wie jeden Morgen, nach der blauen Tasse. Hallo Teekanne, hallo blaue Tasse, hallo Löffel, begrüße ich meine Dinge, als sei ich von einer langen Reise wieder heimgekehrt, aber ich bin mir nicht sicher, ob sie mich wiedererkennen. Sein Duft ist nicht nur auf meiner Haut, er ist auch hier in dieser Küche, so wie in der ganzen Wohnung, eine unsichtbare Filmschicht, die all meine Gegenstände überzogen hat. Chris ist gestern abend nicht von hier weggegangen. Ich weiß genau, was meine blaue Teetasse denkt. Ich habe eine Grenze überschritten, gegen die

Regeln verstoßen. Seit über drei Jahren hat kein Mann bei mir übernachtet. Genauer gesagt, seit meiner Trennung von Paul.

Es passierte ziemlich bald, nachdem wir aus Portugal zurückgekehrt waren. Nach unserer Heimkehr hatte er angefangen, sich fast jede Nacht zu betrinken. Ich kann mich noch gut an jenen Abend erinnern, an dem ich Paul aus einer Bar abgeholt hatte. Es war unser dritter Herbst zusammen gewesen, und draußen hatte ein Sturm getobt. Die schönen roten und orangefarbenen Blätter fielen zu Hunderten auf den dreckigen, geteerten Boden und vermischten sich dort mit dem Schlamm der Straße. Er roch nach abgestandenem Bier und gerauchten Zigaretten und torkelte, während er ging.

»Komm«, hatte ich gesagt. »Laß uns nach Hause gehen.«

»Hab ich dir schon erzählt, wie ich einmal Arzt werden wollte?« fragte er mich und stützte sich dabei auf mich. Seine rechte Hand groß und schwer auf meiner Schulter.

»Nein«, sagte ich, »erzähle es mir.«

»Ich hatte eine perfekte Aufnahmearbeit geschrieben, aber diese Dreckskerle von der Kommission wollten mich nicht aufnehmen. Und weißt du auch, warum? Sie waren eifersüchtig auf mich, deshalb! Ich hätte ein toller Arzt werden können, hörst du, ein verdammt guter sogar.«

Vorsichtig schob ich ihn in ein Taxi und gab dem Taxifahrer meine Adresse an. Natürlich kannte ich die Arztgeschichte. Ebenso wie alle anderen Geschichten, die er immer wieder erzählte. Das Geschichtenerzählen war bei ihm ein wichtiges Ritual. Die Storys sollten beweisen, daß er im Grunde ein verkannter Held war und von Anfang an nichts als Unglück und Ungerechtigkeiten erfahren hatte. Meine Rolle war die, stumm dabeizusitzen und allein durch meine Anwesenheit die Richtigkeit dieser Tatsachen zu bestätigen.

Zu den Geschichten, die er immer wieder erzählte, gehörte auch die von seiner Mutter.

»Mein Vater war ein toller Kerl, ein gutmütiger Kerl mit einem viel weicheren Herzen als meine Mutter. Er wurde von allen in der Stadt respektiert. Habe ich dir schon mal erzählt, daß er Direktor der lokalen Telefongesellschaft war? Wir waren angesehene Leute, verstehst du? Aber meiner Mutter war das alles noch nicht genug, sie hat ihn zur Schnecke gemacht. Sein Leben lang. Sie hat seinen Stolz gebrochen.«

An diesem Abend erzählte er mir im Treppenhaus noch eine weitere Geschichte über sie.

»Eines Tages lag sie nackt und betrunken im Treppenhaus. Ich mußte damals meine eigene Mutter aufheben und sie in ihr Zimmer tragen. Sie war Alkoholikerin, hat gesoffen, verstehst du, wie eine billige Frau aus den unteren Klassen. Sie stand auf Gin. Durchsichtiges Gift, das sie literweise in sich hineinschüttete. Wir Kinder durften dann morgens immer die Flaschen raustragen. Weißt du, wie schlimm das für einen zwölfjährigen Jungen sein kann? Aber nein, du kannst das ja nicht wissen. Miß Perfekt hier mit den Supereltern. Du hast ja keine Ahnung, wie das wirkliche Leben ist. Du weißt gar nichts, von all diesen Dingen hast du keine Ahnung! Die Penner, mit denen ich trinke, kommen dir vielleicht wie schlimme Säufer vor, aber ich sage dir: Diese Männer haben mehr Charakter als jeder Businessman, den ich kenne.«

Er hatte angefangen, mit seiner Faust gegen die Wand zu schlagen. »Bitte, um Himmels willen, beruhige dich doch ...«

»Candida, ich bin ein Versager. Ich bin wie Gift, du

sollltest mich verlassen. Wenn du glücklich sein willst, dann mußt du mich verlassen.«

Er ließ seinen Kopf gegen die Wand fallen. Ein dumpfes Geräusch, das keinen Nachhall gab.

»Um Himmels willen, ich flehe dich an, hör auf damit. Du bist ein wunderbarer Mann, ich liebe dich.«

Auch diese Verzweiflungszustände gehörten zu unseren Ritualen. Normalerweise war dies der Moment, in dem ich ihn immer beruhigte, aber an jenem Tag geschah es anders.

»Ach, sei still, du lügst, du bist wie alle anderen.«

Ich wußte nicht, wie, aber er kam auf mich zu, und ich stürzte. Ich fiel ein paar Stufen hinunter, landete auf dem Rücken.

»Los, steh auf, willst du dich hier zum Gespött machen? Nachher wird man noch sagen, daß ich dich geschlagen habe. Ha, dabei sind es die Frauen, die die Männer kaputtmachen. Weißt du, daß meine Mutter meinen Vater geschlagen hat?«

Ich antwortete nicht. Mein Kopf dröhnte. Er hatte nur zuviel getrunken, das war alles, versuchte ich mir einzureden. Und wahrscheinlich hatte er mal wieder zu lange über etwas gebrütet.

In dieser Nacht war ich nur langsam in einen unruhigen Schlaf gefallen, der mich in eine düstere Traumlandschaft entführt hatte.

Das Haus, das man mir genannt hat, ist siebenundzwanzig Stockwerke hoch und hat keinen Aufzug. Ich weiß nicht mehr, wer es war, aber irgend jemand hat mir gesagt, daß er dort oben eine Wohnung gemietet hat. Ich brauche lange, bis ich oben bin, aber das Haus hat keine Fenster, und ich weiß, daß ich nach oben gehen muß. Als ich vor seiner Tür stehe, möchte ich am liebsten wieder umkehren. Ein komisches Gefühl, wie eine Vorahnung. Ich klopfe sachte, und er macht mir auf. Er hat abgenommen, seine Haare sind völlig ausgefallen, und wenn er nicht seine dicke Hornbrille auf hätte, würde ich ihn nicht wiedererkennen.

»Komm rein«, sagt er, und ich trete ein.

Das Zimmer, in dem er wohnt, ist klein. Auf dem Tisch liegen Tomaten. »Du ißt Tomaten?« frage ich.

»Wo zum Teufel warst du nur so lange?« antwortet er mir, und ich habe Angst, daß er mich schlagen wird.

»Ich brauche dich, hast du das vergessen? Wo ist mein graues Tagebuch?«

Er ist furchtbar wütend und fängt an, mich anzuschreien. Er wirft mir vor, ihm sein Leben gestohlen und ihm nie eine Chance gegeben zu haben. In diesem Moment wird mir bewußt, daß er wahnsinnig geworden ist. Ich bin im Haus eines Wahnsinnigen.

»O bitte, bitte, beruhige dich«, sage ich und schaue in sein Gesicht, sein geliebtes Gesicht, das ich so gut kenne, aber in dem jetzt jemand anderer wohnt.

»Bitte komm zurück, bitte sei doch wieder so, wie du warst, ich habe dich doch so geliebt. Wo ist der Mann, den ich geliebt habe, wo ist er? Ich will ihn nicht verlieren! O mein Gott, das ist ein Alptraum, ich weiß, daß es ein Alptraum ist, aber ich bin schon zu sehr mittendrin ...«

Seine Augen sind blutunterlaufen, und ich habe Angst. In dem Moment überkommt mich die Gewißheit, daß er mich töten will. Ich weiß, ich muß weg von hier, aber meine Beine gehorchen mir nicht mehr. Ich bin wie festgenagelt. Ich weiß, es muß einen Weg geben. Einen Weg zu fliehen, es muß diesen Weg geben, aber ich weiß nicht, was ich tun soll.

Bei einem Dreh auf Sylt lernte ich Tim kennen. Ein Schauspieler aus England, der fest an chinesische Horoskope glaubt.

»Ich weiß gar nicht, was du hast, es ist wirklich ein gutes Jahr für Drachen, weißt du?« munterte er mich auf, weil er sah, daß ich traurig war.

»Darf ich dich einmal anrufen, wenn das alles hier vorbei ist und wir in unsere Stadtwohnungen zurückgekehrt sind?« fragte er mich, als wir nach vier Tagen unseren Dreh beendet hatten und am Flughafen standen. Ich sagte nein, lieber nicht, und hoffte irgendwie, daß er es doch tat.

Als ich ein paar Wochen später an einem Novemberabend vom Synchronstudio nach Hause kam, saß Paul mit kleinen roten Augen in der Ecke des Sofas. Die Hornbrille hatte er abgenommen, und er grinste mich wie ein böser Dämon an.

»Hast du dich gut amüsiert?«

Seine Stimme zitterte. Er war betrunken, aber anders als sonst.

»Was ist denn los?« fragte ich.

»Dein Lover Tim läßt dich schön grüßen«, fauchte er.

Da sprang Paul auf einmal vom Sofa auf. Er war so betrunken, daß er torkelte und beinahe über sein eigenes rechtes Bein stolperte. Dennoch schaffte er es, sich wieder aufzurichten und sich mit dem ganzen Gewicht auf mich zu werfen. Ich fiel nach hinten, mein Kopf schlug auf den harten Kachelboden. Ich griff instinktiv nach hinten, um zu sehen, ob ich blutete. Ich bekam keine Luft. Paul hatte sich auf mich gesetzt und seine beiden Hände um meinen Hals gelegt. Seine Augen waren dunkel und böse. Setz deine Brille wieder auf, wollte ich ihm sagen, ich sehne mich nach ihr, vielleicht war es die Brille gewesen, die mich die ganze Zeit über vor diesem Dämon beschützt hat. Ich wollte sprechen, aber ich konnte nicht. Was für ein pathetisches Ende. Nein, es war nicht pathetisch, es war fürchterlich banal. Als ich keine Luft mehr bekam, hörte er auf.

»Tut mir leid, Candida«, sagte er, »aber du hast mich bis zum Äußersten getrieben.«

Ich weiß nicht mehr, wo ich an jenem Abend geschlafen habe. Ich weiß nicht, ob es dort auf dem Boden war oder auf dem Sofa oder auch mit ihm in unserem Bett. Alles, was ich weiß, ist, daß ich am nächsten Morgen nicht sprechen konnte und komische Flecken an meinem Hals hatte. Was für ein schlechter Film, ich hätte diese Rolle niemals annehmen sollen.

Als ich am Morgen aufwachte, hörte ich gerade noch, wie die Haustür zufiel. Ich lief zum Fenster. Von da aus sah ich ihn aus dem Haus gehen.

Er war weg.

Den ganzen Morgen lang saß ich auf der Couch und starrte auf den braunen Topf, in dem er immer seinen Reis kochte. Es war zehn Uhr, und ich starrte fassungslos auf diesen dämlichen Topf und wartete darauf, daß Paul zurückkam. Ich schaltete den Fernseher an, ich schaltete den Fernseher aus. Ich aß einen Apfel und machte Pfefferminztee. Um zehn Uhr dreißig warf ich den Reistopf in den Abfalleimer.

Jetzt oder nie.

Dann packte ich meine Sachen und zog noch am selben Tag zu meinen Eltern.

Das erste, was ich nach meiner Rückkehr ins Elternhaus getan habe, war, in mein Zimmer zu gehen. Ich schloß die Tür und legte mich auf den grauen Teppich. Ich lag einfach nur da und atmete. Dann, nach einer Weile, öffnete ich meinen Schrank. Ich wollte meine alten Fotos sehen, die Kleider und die Briefe aus meiner Teenagerzeit. Ich griff in die oberste Schublade, und die Schachtel, in der ich diese Dinge aufbewahrte, fiel mir auf den Kopf. Ich habe immer noch eine winzige Narbe davon, direkt über meinem rechten Auge.

Ich nehme an, alles hat seinen Preis.

Seitdem hatte ich mir geschworen, mein Zuhause vor Angreifern zu verteidigen und Eindringlinge spätestens nach ein paar Stunden wieder wegzujagen.

Jetzt, in meiner Küche, vor der Herdplatte, fühle ich mich wie ein Idiot im Exil. Allein mit meiner blauen Teetasse, die mir das Gefühl gibt, sie an den Feind ausgeliefert zu haben. Dieses taube Gefühl von Verrat, während ich darauf warte, daß das Wasser anfängt zu kochen. Dann, auf einmal, steht er neben mir.

»Guten Morgen«, sagt er.

Zum Glück ist er taktvoll genug, nicht so etwas Peinliches wie »Guten Morgen, mein Schatz« zu sagen.

»Ich warne dich: Wenn es etwas gibt, das ich nicht ausstehen kann, dann sind es irgendwelche spießigen Besitzansprüche nach nur einer gemeinsam verbrachten Nacht«, möchte ich ihm am liebsten ins Gesicht fauchen, aber ich tue es nicht.

»Setz dich schon mal hin, ich komme gleich«, sage ich.

Was ich ebenfalls nicht ausstehen kann, ist, wenn man mir zusieht, während ich in der Küche arbeite. Er geht, und ich bleibe noch eine Weile in der Küche, die mir auf einmal wie fremd erscheint. Als wäre ich der Gast, nur zu Besuch in meiner eigenen Küche.

Natürlich muß ich an Paul denken. In den Wohnungen, in denen wir gelebt hatten, hatte Paul immer gleich als erstes Besitz von der Küche ergriffen. Er brauchte nur seine Reispackungen und sein Bier hinzustellen, und schon war das Herz der Wohnung kolonisiert. Es war zu seinem Land geworden, in dem er als absolutes Staatsoberhaupt und Oberbefehlshaber über eine ganze Armee von Gabeln, Teesieben und Untertassen regierte. Die Küchen, in denen wir gelebt hatten, waren für mich immer eine Tabuzone geblieben. Ich hatte lange genug gebraucht, wieder eine Küche zu haben, die nur mir gehörte.

Das Wasser hat zu kochen begonnen, und als ich es langsam in die Teekanne gieße, verbrenne ich mich. Unwillkürlich gebe ich einen kleinen Schrei von mir. Es hat keinen Sinn, ich muß warten, bis er weg ist. Dann werde ich alles wieder in Ordnung bringen, alles wieder aufräumen, alles wieder ordnen, alles wieder reinigen, mich wieder beruhigen ...

»Alles in Ordnung?«

»Ja«, sage ich und bemühe mich, ihn nicht anzuschreien.

Die Prinzessin konnte hören, wie das Laub anfing zu rascheln. Unten wartete jemand, der für sie gekommen war. Wahrscheinlich ein weiterer Prinz. Verzweifelt begann sie, auf und ab zu gehen. Es waren jedes Mal die gleichen Überlegungen, die gleichen Zweifel und die gleiche Angst. Schließlich hatten Vater und Mutter sie lange genug vor falschen Prinzen gewarnt. Wie erkennt man einen richtigen Prinzen? Ihre Eltern hatten ihr genaue Kriterien genannt. Er muß: a) ein schönes und schnelles Pferd besitzen, b) über ein großes Land herrschen, und schließlich c) richtig Orangen schälen können (das heißt, sie so schälen, daß die Orange am Schluß so aussah, als sei sie in eine Seerose gebettet.)

Welcher Mann war wohl in der Lage, all diese Bedingungen zu erfüllen? Es war nur natürlich, daß sie bislang alle Prinzen in den Graben befördert hatte. Und auch jenem jungen Mann, der sich jetzt um sie bemühte, würde es nicht anders ergehen. Natürlich war immer ein kleines Risiko dabei. Was war, wenn dieser Mann genau derjenige war, der in der Lage war, perfekt eine Orange für sie zu schälen? (Für die Prinzessin war diese Bedingung von jeher die wichtigste gewesen.) Wenn sie ihn erst einmal von ihrem Fenster heruntergestoßen hatte, würde es zu spät sein. Dann würde sie ihn nicht mehr auf die Probe stellen können. Vorsichtig geht sie auf Zehenspitzen zum Fenster und erschleicht sich einen Blick auf ihn. Es ist dunkel, und sie kann nicht viel sehen. Aber eines kann sie erkennen: Der Mann, der da an ihrem Turmfenster hochklettert, hat eine Lücke zwischen den Vorderzähnen. Das ist ihr gleich sehr sympathisch, denn sie hat einmal gehört, daß Zahnlücken in einem afrikanischen Stamm als besonderes Glückszeichen angesehen werden. Dennoch wird sie ihm wohl keine Chance geben. Man weiß ja, was mit Prinzen geschieht, die es geschafft haben, sich in das Turmzimmer einer Prinzessin einzuschleichen. Sie kommen, lassen sich einen dikken Bauch wachsen, bekommen Pickel und beginnen sich ausschließlich für Vogelarten zu interessieren.

Sie wird nervös. Ihr Herz pocht, denn das Rascheln kommt immer näher, wird immer lauter. Was bilden sich diese Prinzen eigentlich ein? Immer kommen sie ungefragt zu ihr in den Turm, als ob sie sie irgendwie retten müßten oder so.

»Als wäre man ein Burgfräulein oder so was«, entfährt es mir.

»Ein Burgfräulein?«

»Ach, nichts«, sage ich und scheuche Chris wieder ins Wohnzimmer. Ich lasse kaltes Wasser über meine verbrannte Hand laufen. Wasser beruhigt. Das beruhigende, regelmäßige Rauschen des fließenden Wassers.

»Hey, bist du das?«

Zu allem Übel hat er auch noch mein *Just-you*-Poster entdeckt.

»Ja«, sage ich gequält.

Als ich ins Wohnzimmer komme, hat sich Chris an den Tisch gesetzt. Sein Körper, dunkel und fremd in meinem Stuhl.

»Knäckebrot?« frage ich, aber er sagt »Nein danke« wie ein höflicher Junge und nimmt sich ein Stück Zucker, das er langsam in einem Löffel Earl-Grey-Tee zergehen läßt. Er sieht seltsam aus in einen von meinen viel zu kleinen weißen T-Shirts.

»Hast du gut geschlafen?« fragt er.

»Ja, natürlich«, antworte ich und versuche, ganz lokker zu sein, aber mein Magen zieht sich vor Ungeduld zusammen.

»Ich habe auch gut geschlafen.«

»Schön.«

Mir fällt die Geschichte mit den Engeln ein, die ich Chris gestern erzählt habe, und ich spüre, wie ich rot werde. Egal. Bald würde er verschwunden sein, und dann hätte ich Zeit, alles hier in Ordnung zu bringen. Es ist Zeit für mein Stichwort. Sonst würde ich platzen.

»Hör zu, Chris, ich habe heute hier noch ziemlich viel zu erledigen und ...«

»Verstehe, ich werde dich nicht länger aufhalten.«

Ich zwinge mich zu einem Lächeln.

»Es war schön mit dir«, fügt er noch leise hinzu.

Ich weiß, daß das Script an dieser Stelle ein sanftes »Fand ich auch« oder so vorsieht, aber ich bringe es nicht über mich. Also räume ich die Tassen ab und tue so, als hätte ich es überhört.

In der Küche lasse ich mir genügend Zeit, und als ich zurückkomme, ist Chris verschwunden.

Ich habe nicht einmal gehört, wie er die Tür zugemacht hat, aber wer weiß, vielleicht hat er sich ja aus dem Fenster auf sein unsichtbares Segelschiff in die

Lüfte geschwungen. Ich bin wohl ziemlich unhöflich gewesen.

Ich wechsle die Bettwäsche, gehe mit dem Staubsauger dreimal durch die Wohnung. Ich putze das Bad, ich putze die Küche. Nachdem alles so sauber blitzt, daß es mir fast angst macht, gehe ich.

Draußen haben sich mal wieder Reporter versammelt. Fast stolpere ich über einen von ihnen, der mir direkt ein Mikro vors Gesicht rammt.

»Candida, ist es wahr, daß Sie gestern überraschend die Festlichkeiten verlassen haben?«

»Ist vielleicht doch etwas Wahres an dem Gerücht, dem zufolge Sie sich in anderen Umständen befinden sollen?«

»War Ihnen übel, Candida?«

»Ist es wahr, daß Sie von Fernand Labrice ein Kind erwarten?«

»Was?« Auf diese letzte Frage muß ich laut loslachen. »Von Fernand Labrice ...«

Dann entdecke ich Marco Fernelli, der mich unverschämt angrinst, und ich beschließe kurzerhand weiterzugehen und den Reportern keine Sekunde mehr zu gönnen.

Als erstes besuche ich Ingrid. Sie ist heute ganz in Rot, und ihre Lippen schimmern gefährlich.

»Hallo, Schatz«, begrüßt sie mich und drückt mir einen ihrer hauchdünnen Küsse auf meine rechte Wange. Dann legt sie gleich los.

»Was zum Teufel ist denn gestern passiert? War dir wirklich schlecht? Sag bloß, an dieser Geschichte mit dir und Fernand Labrice ist wirklich etwas dran. Dir wird doch nicht etwa einfallen, jetzt schwanger zu werden?«

»Ingrid, um Himmels willen, jetzt fang nicht auch damit an.«

»Wenn man mitten am Abend den Saal verläßt, muß man schon einen verdammt guten Grund gehabt haben.«

»Ich wollte einfach nur mal an die frische Luft.«

»Ich muß dich um etwas bitten, Candida.«

Ich schaue sie an, und sie wartet nicht auf meine Antwort.

»Ich muß dich bitten, in Zukunft etwas kooperativer mit den Journalisten umzugehen. Du darfst auf keinen Fall als arrogant und zickig erscheinen. Das wäre ein fataler Fehler. Gerade für so junge Über-Nacht-Berühmtheiten wie dich.«

»Ich bin eine Über-Nacht-Berühmtheit? Ich arbeite schon seit über zehn Jahren in diesem Beruf.«

»Das tut nichts zur Sache. Für das Publikum bist du über Nacht aus dem Nichts aufgetaucht.«

Ich sage nichts mehr. Ich habe nur noch dieses groteske Bild von mir als wundersame Über-Nacht-Geburt, vielleicht als eine von Botticellis Venusgöttinnen, wie sie gerade aus der Muschel in einen Fernseher steigt.

»Du darfst mit deiner Karriere nicht so leichtsinnig umgehen. Hörst du mir überhaupt zu?«

»Natürlich höre ich dir zu.«

Ich schließe die Augen. Wenn das so weitergeht, ende ich eines Tages in Ingrids Büro als Vera-Litho neben Modigliani. Am liebsten würde ich jetzt einfach verschwinden. Nur nicht mehr dasein, keine Existenz mehr haben, keinen Körper, damit niemand mehr etwas von mir wollen kann.

Auf der Straße lasse ich meinen Blick über die Hochhäuser streifen. Irgendwo hier oben schwebt gerade Chris in der Luft. Der Gedanke an ihn ist wie ein Rettungsanker.

Die Sonne scheint noch immer schwach durch die Kastanienbäume, die jetzt begonnen haben, ihre rosa Blüten abzuwerfen. Ich weiß nicht, wohin ich gehe, aber meine Schritte sind rasch und zielstrebig, als wüßte ich es. Unwillkürlich lasse ich meinen Blick immer wieder entlang der Häuserwände nach oben gleiten. Gelbe Fassaden, rosa Fassaden, steinerne Balkone, Verzierungen aus Stuck, immer wieder schaue ich nach oben, als ob ich etwas suchen würde. Und plötzlich dieser irrwitzige Gedanke, daß ich mich ein bißchen in Chris, den zwei Meter großen blonden Wunderengel aus Trinidad verliebt habe. Zumindest wäre das eine ganz gute Erklärung für dieses seltsame Gefühl im Magen, das mich schon den ganzen Tag begleitet, dieses Gefühl wie ein Frühlingsregen mitten im Winter.

»Chris«, spreche ich leise seinen Namen aus, als sei es ein magisches Zauberwort, und ich spüre, wie klirrend etwas in meiner Brust zerspringt. Dieses absurde Gefühl, daß auf einmal alles möglich ist und alles Glück dieser Welt an diesen Häuserwänden gefunden werden könnte.

Aber die Häuserwände sind leer, und nur die schweren Kastanienbäume werfen leise ihre Schatten auf die Balkone, die ohne Engel bleiben.

Als ich den Schlüssel in meine Haustür stecke, ist das Kribbeln im Bauch fast unerträglich geworden. Dagegen hilft nur eines: Ich muß Chris finden. Beflügelt durch meine Entscheidung, laufe ich ins Bad, werfe Wasser auf mein Gesicht. Jetzt nichts wie raus aus den Jeans. Ich renne ins Schlafzimmer, hole mein weißes Kleid aus dem Schrank. Ich bin auf einmal so aufgeregt wie ein Schulmädchen.

Als ich das Kleid in der Hand habe, fällt mein Blick auf Wüstencandida, die immer noch an meinem Spiegel angebracht ist.

Stolz und aufrecht steht sie in der Wüste und lächelt.

»Was machst du denn da, Candida?« fragt sie.

Ich blicke ein wenig verschämt auf mein Kleid herab, als hätte man mich dabei erwischt, wie ich eine Tafel Schokolade aus dem Supermarkt klaue.

»Ich würde an deiner Stelle ein bißchen aufpassen, weißt du.«

»Ich weiß nicht, wovon du sprichst«, antworte ich vorsichtig.

»Oh, ich glaube schon, daß du das weißt.«

Ich antworte nicht, sondern starre nur geradeaus.

»Liebling, denk doch mal nach, du kennst doch diesen Typen nicht einmal. Wahrscheinlich labert er dir das Blaue vom Himmel herunter und düst dann irgendwann wieder nach Neuseeland ab. Oder es kommt noch schlimmer, und er zieht mit einer Armee Zahnbürsten und T-Shirts bei dir ein, trinkt jeden Morgen verwässerten neuseeländischen Kaffee aus deinen blauen Teetassen und zieht dir allabendlich schnarchend die Bettdecke weg.«

Mein Herz klopft. Wüstencandida hat recht. Woran denke ich nur zum Teufel? Eine Zahnlücke, und schon will ich mich dafür ins Verderben stürzen. Ich habe so hart um meine Freiheit gekämpft. Aber dann denke ich wieder an Chris und daran, wie unauffällig er am Morgen die Wohnung verlassen hat und wie gut ich mich in seinen Armen gefühlt hatte, so frei und leicht...

»Candida ... es geht doch nur darum, daß du nicht noch einmal leidest. Das verstehst du doch, oder?«

Natürlich verstehe ich. Ihre Worte verfehlen mich nicht. Und mit jedem Wort, das sie spricht, wird der Ring, der sich um mich geschlossen hat, fester. Ich, Ich, Ich, immer geht es um dieses »Ich«. Ich habe das Gefühl, langsam in meinem »Ich« zu ertrinken, von ihm erdrosselt zu werden, am liebsten möchte ich fliehen, fliehen vor mir, vor diesem Monster, das in meinem Schatten lebt. Aber wie flieht man vor einem Schatten, wenn dieser sich immer bereits dort befindet, wo man hinkommen möchte?

»Also gut. Ich werde ihn nur noch einmal sehen. Nur noch ein einziges Mal. Und dann komme ich zurück. Zurück auf die Burg, und ich vergesse ihn.«

Wüstencandida hat gewonnen.

Ich lasse mich auf das Bett fallen. Ich bin so müde, so unendlich müde. Ein paar Augenblicke lang liege ich mit geschlossenen Augen auf meiner Bettdecke.

Dann ziehe ich mir schnell den nächstbesten Pullover über, als sei ich auf der Flucht, und verlasse meine Wohnung.

Ich gehe geradewegs ins »Cosmo«.

Als ich Chris sehe, bekomme ich Herzklopfen. Er sitzt an der Theke, trinkt einen Kaffee und hat ein orangefarbenes T-Shirt an.

»Hey«, sage ich.

»Hey, *sweetheart*... ich dachte nicht, daß ich dich noch einmal sehen würde.«

Er sagt es freundlich, nicht bitter.

»Na... wie war dein Tag?« frage ich, weil ich nicht weiß, was ich sonst sagen soll. Ich habe noch immer Herzklopfen. Auf einmal das dumme Gefühl, daß ich vielleicht doch nicht hätte hierherkommen sollen.

»Glaubst du, ich sollte mich für gestern morgen bei dir entschuldigen?«

»Dich entschuldigen? Wofür denn?« Chris schenkt mir ein Lächeln und zwinkert mir dabei mit seinen karibischen Augen zu, so als ob er verstehen würde, als ob er alles schon immer verstanden hätte. Am liebsten möchte ich schwach werden, ihn bitten, noch einmal zu mir nach Hause zu kommen, damit wir noch einmal zusammen frühstücken könnten. Ich würde ganz ruhig bleiben, mich mit ihm an einen Tisch setzen und meiner blauen Teetasse in der Küche und den anderen Dingen sagen, daß alles okay sei und sie sich keine Sorgen machen müßten, weil Chris anders sei und ihnen nicht wie Paul Gewalt antun würde.

Doch dann muß ich wieder daran denken, daß ich Paul am Anfang auch vertraut hatte. Du darfst dich von deinen Gefühlen nicht so hinreißen lassen, Candida. Du mußt stark bleiben, Distanz suchen. Nähe ist gefährlich. Sie verschlingt dich, läßt dir keine Luft, und irgendwann landest du erwürgt auf einem Parkettboden. Um es mir leichter zu machen, stelle ich mir vor, wie es in einem Jahr sein wird. Chris und ich werden einander längst verlassen haben, es wird bereits neue Liebhaber gegeben haben, nichts wird mehr weh tun. Ich wäre frei und sicher, und alles wäre gut.

»Kommst du mit zu mir?« fragt Chris.

Ich antworte ihm nicht, sondern stehe einfach auf und folge ihm.

In seiner Wohnung ist es ziemlich leer. Die Wände sind in einem kräftigen Orangeton gestrichen, und in der Mitte des Zimmers steht ein blaues Bett. Am anderen Ende ist ein Tisch, auf dem Berge von Zetteln, Zeichnungen und Fotos gestapelt sind.

»Darf ich?« frage ich.

»Natürlich«, sagt er.

Es ist so ruhig hier. Holzböden, die alle Geräusche verschlucken. Auf einem Foto ist Chris mit einem Surfbrett zu sehen. Auf einem anderen sitzt er in einem offenen weißen Wagen. Dann entdecke ich ein Bild von ihm, das schwer zu erkennen ist. Chris ist von unten fotografiert, und man sieht ihn nur von der Taille ab. Sein Oberkörper ist nackt, und in seiner Hand hält er eine Trompete. Er sieht aus, als würde er geradewegs in die Sonne fliegen.

»Du siehst aus wie ein Engel«, sage ich.

»Ich weiß«, sagt er und zieht mich auf das blaue Bett.

Ich weiß nicht, wann es Nacht wird. Ich vergrabe mein Gesicht in Chris' Körper, der im Mondlicht hell leuchtet, mache eine Düne aus meiner Hüfte und lasse Chris meinen Schenkel küssen.

»Ich werde dich nie wiedersehen«, spreche ich stumm in die Laken, denke ich in die blaue Nacht hinein, die uns umgibt wie ein Lied.

Mitten in der Nacht wache ich auf. Fremde Laken. Chris' süßer dunkler Geruch. Der Geruch des Verbotenen. Fremde Laken. Mein einsames Bett zu Hause. Meine verratene Wüstencandida.

Ich möchte aufstehen. Ich möchte hierbleiben.

»Was ist los?« fragt Chris' Hand, die über meine Schläfe streicht.

»Nichts«, antwortet ihm mein Rücken, der sich entspannt. Ich rolle mich in seine Arme. Als wäre alles erlaubt, als wäre ich Tausende von Kilometern von zu Hause entfernt, irgendwo auf einem Land, das erst noch besiedelt werden müßte. Als würde ich nie wieder nach Hause kommen. In der Dunkelheit blicke ich auf seinen Körper, präge mir seinen Geruch ein. Der heimliche Pakt unserer Körper, die ihre eigenen Gesetze haben.

Ich blicke aus dem Fenster hinaus auf den Mond, der voll geworden ist und direkt vor mir leuchtet. Ich denke an mein vergangenes Leben, ich sehe Pauls giftige Augen, ich spüre Chris' warme Haut, ich habe Angst, ich habe Lust. Gefühle, die wie Wellen in mir aufsteigen. Wellen aus einem dunklen, verborgenen Meer, das heimlich unter mir seine Existenz führt. Und auf einmal habe ich Lust, mich fallen zu lassen, mich direkt durch Chris' Arme hindurch in dieses Meer fallen zu lassen, und ich spüre, wie ich fallen würde, immer weiter und weiter, bis ich irgendwann einmal nicht mehr einsam wäre, einen ganz kleinen, winzig kleinen Augenblick lang nicht mehr einsam wäre.

»Candida ... Candida, bist du wach?«

Ich halte den Atem an. Einen Moment lang überlege ich, ihm das Märchen von der Orangenprinzessin zu erzählen. Der verrückte Gedanke, daß dann alles gut werden würde. Aber anstatt etwas zu sagen, liege ich stumm und unbeweglich da und warte feige darauf, daß er aufhört, nach mir zu rufen, und daß in ein paar Stunden die Sonne aufgeht.

17

Als das Licht am nächsten Morgen auf das Bett fällt, bin ich bereits hellwach.

Ich werde gehen. Die einzig richtige Entscheidung, die ich treffen kann. Ich stehe auf und hebe vorsichtig meine Kleider vom Boden. Noch einen kurzen Blick auf das Foto mit Chris im Himmel, und dann schließe ich die Tür hinter mir.

Alles ist gut, Candida, du hast es geschafft. Du bist frei.

Ich gehe immer schneller, schneller und schneller, bis ich schließlich anfange zu laufen. Ich laufe immer schneller, immer weiter, in meinem Kopf bin ich schon an der nächsten Straßenecke, in der nächsten Stadt, auf einem anderen Kontinent, ich bin schon so weit weg, daß mich niemand einholen kann. Bis ich endlich an einen Ort komme, an dem mich niemand kennt und an dem ich noch einmal ganz von vorne anfangen kann.

Als ich in meiner Wohnung bin, überbringt mir der Anrufbeantworter zwei Neuigkeiten.

Zum einen hat Ingrid angerufen und mir gesagt, daß ich soeben für die »Goldenen Palme« in der Kategorie

»Beste Nachwuchsschauspielerin« nominiert worden bin.

Zum anderen hat meine Mutter angerufen: »Candida, kannst du bitte kommen. Ich brauche dich. Es geht um deinen Vater ... ich glaube ... er hat ein Verhältnis mit einer anderen.«

18

»Weißt du, ich kann es einfach nicht begreifen ... wenn ich es nur ein wenig besser verstehen könnte, aber ich kann es einfach nicht, dein Vater ...«

Lily sieht so zerbrechlich aus, sogar ihre blauen Venen sind an ihren Schläfen zu sehen.

»Ist schon bescheuert, so ein Leben, nicht? Da lebt man dahin, häuft gemeinsam Dinge an, von denen man glaubt, daß man sie zusammen genießen wird, und eines schönen Tages findet man so einen bescheuerten Zettel und alles, an das man bisher geglaubt hatte, ist auf einmal verschwunden. Ausgelöscht, tot.«

»Und du bist dir sicher, daß du ihm nicht Unrecht tust?«

Meine Mutter schüttelt den Kopf.

»Du bist immer auf seiner Seite gewesen, nicht wahr ...? Selbst jetzt verteidigst du ihn.«

»Ich verteidige ihn?«

»Ja, dein Vater ist dein Held gewesen, dein Vorbild ... ist er schon immer gewesen.«

»Aber das ... stimmt doch gar nicht ...«

Ich möchte ihr noch weiter antworten, mich entrüstet gegen diese Anschuldigung wehren, aber etwas in mir hält mich zurück.

»Erinnerst du dich an das Spiel mit der Orangenprinzessin?«

Ich antworte ihr nicht.

»Die böse Hexe in eurem Stück, das war doch immer meine Rolle.«

»Aber Mutter«, sage ich schließlich, »es war doch nur ein Märchen... ein dummes Spiel, nichts weiter...« Aber ganz überzeugt klingt meine Stimme nicht.

Lily blickt mich stumm an.

»Komm schon, es wird alles wieder in Ordnung kommen, du weißt doch überhaupt nicht, ob das Ganze stimmt«, versuche ich sie zu beruhigen.

Ihre Freundin Gabriele hatte Lily erzählt, daß sie gesehen hatte, wie mein Vater eine andere Frau in einem Porsche geküßt hatte. Meine Mutter hatte ihn zur Rede gestellt, sie hatten sich gestritten, und er war ins »Sheraton« gezogen. Seit zwei Tagen übernachtet er dort.

»Wenn das nur alles nicht so schrecklich banal wäre«, sagt sie.

Die Bitterkeit in ihrer Stimme verwundert mich. Ich kenne meine Mutter nicht so. Wer ist diese Frau, frage ich mich, die da vor mir steht und deren Existenz vor ihren Augen zu zerbröckeln scheint? Dies soll die Frau sein, vor der ich immer davonlaufe, weil ich mich in Restaurants von ihr unter Druck gesetzt fühle?

Die Wohnung riecht nach meiner Mutter. Schon im Treppenhaus kann ich ihr Parfum riechen. Instinktiv hinterläßt sie ihre Spuren, damit sie nicht in Vergessenheit gerät. Der Kampf gegen die Gefahr, immer unbedeutender zu werden.

Meine tapfere Mutter, mein tapferer kleiner Widder,

der sich das ganze Leben so bemüht, nicht alt zu werden, nicht aufzugeben und ein gutes Leben zu haben.

Wir sitzen auf dem Boden und blättern in Fotoalben.

Ich blicke auf ihre Hand, die dünn und unsicher auf dem Teppichboden liegt. Eine Hand, die vielleicht seit langem auf eine Berührung wartet, so wie es der Rest ihres ausgehungerten Körpers tut.

Vielleicht ist das der eigentliche Grund, aus dem meine Mutter schöne Kleider braucht. Wenn ihr Körper schon nicht von meinem Vater berührt wird, sollen wenigstens schöne Stoffe ihn liebkosen. Blusen aus Seide sollen ihre Brüste streicheln, Mäntel aus Kaschmir sollen sie zärtlich beschützend umarmen und lange Kleider aus Satin sollen ihr sagen, daß sie schön und begehrenswert ist.

»Weißt du, wie lange ich kämpfen mußte, um meine Haare nicht immer in Zöpfen zu tragen, die deine Großmutter mir jeden Morgen gemacht hat?«

Auf dem Foto, das wir uns ansehen, ist meine Mutter etwa vier Jahre alt. Sie hat ihren Kopf etwas trotzig nach vorne gebeugt, und ihre Haare sind hochgesteckt. Sie sieht aus wie ein kleiner Widder.

Lily lächelt, und ich blicke ihr in die Augen. Das Foto ist schwarzweiß. Eine schwarzweiße Erinnerung auf vergilbtem Papier. Meine Generation wird bunte Erinnerungen haben, Erinnerungen, die sich bewegen, Erinnerungen auf Video, die Bilder werden so lebendig sein, daß sie ewige Gegenwart sind. Auf einem anderen Foto ist sie schon ein bißchen älter, vielleicht fünfzehn oder sechzehn. Ihre Haare sind offen, und sie trägt einen Badeanzug. Sie ist ein bißchen fülliger als jetzt, ihre Schenkel sind fest, und sie hat eine ziemlich appetitliche Figur. Vielleicht liegt das vor allem an der kecken Pose, die sie für die Kamera eingenommen hat. Ein Bein ist vor das andere geschoben, und ihr Kopf ist leicht zur Seite gebeugt, es ist die gleiche Pose, die die Katalogschönheiten einnehmen, wenn sie für einen Badeanzug werben.

»Das da ist mein Lieblingsfoto«, sagt sie und zeigt auf ein kleines viereckiges Bild, auf dem sie auf einem Dampfer fotografiert worden ist. Sie hat ein Kopftuch umgebunden, »à la Grace Kelly«, wie sie immer sagt, und einen karierten Rock mit einem kurzen Pullover.

»Hat man dir eigentlich schon mal gesagt, daß du aussiehst wie Audrey Hepburn?« sage ich und bewundere diese junge Frau, die da auf dem Foto gerade in ihr junges Leben fährt.

»Wie habe ich um dieses Outfit kämpfen müssen«, sagt sie. »Wenn es nach deiner Großmutter gegangen wäre, müßte ich womöglich noch heute in Kleidchen mit weißen Kragen, weißen Söckchen und bestickten Handschuhen rumlaufen.«

Ihr Blick wird sanft, ihre Augen entspannen sich. Meine Großmutter, diese ernst aussehende Dame mit den toupierten braungelockten Haaren, die dort im Hintergrund zu sehen ist, hatte ich nie kennengelernt. Meine Mutter war auf dem Land aufgewachsen und hatte, sobald sie mit der Schule fertig gewesen war, ihre Eltern verlassen, um in eine Großstadt zu ziehen. Das Landleben war ihr von Anfang an verhaßt gewesen, und schon als kleines Mädchen hatte sie nur eines gewollt: weg von den Bauernhöfen, dem Kuhmist und selbstgepflanzten Radieschen. Sie hatte von Anfang an gewußt, daß sie für ein anderes Leben bestimmt war. Als sie mit ihrer Schauspielkarriere nicht so vorankam, wie sie sich das vorgestellt hatte, hatte sie begonnen, Modellaufnahmen für Hüte zu machen und als Sprecherin bei einem Radiosender zu arbeiten. Dort machte sie eines Tages ein Interview mit meinem Vater, der gerade einen Hit herausgebracht hatte.

»Weißt du noch, wie ich dir früher immer Kleider mitgebracht habe?«

»Ja, natürlich weiß ich das.«

Wie konnte ich jemals die vielen Einkaufstüten vergessen, mit denen sie abends nach Hause kam. Schon im Treppenhaus konnte ich sie rascheln hören: bunte Einkaufstüten mit wunderbaren Dingen drin, mit denen sie mich überraschen wollte. Auch für sich hatte sie immer tolle neue Kleider. Meine Mutter war überhaupt die bestaussehende Mutter von allen.

Die Mutter von Meike, Frau Preisinger, kochte zwar jeden Mittag, dafür mußte Meike aber mittags superpünktlich zu Hause sein. Wehe, sie kam zu spät. Dann wollte Frau Preisinger immer genau wissen, mit wem Meike zusammengewesen war und was genau sie getan hatte.

»Man muß gesund essen, vor allem die Kinder sollten es«, sagte Frau Preisinger immer. Zu sagen, was »die Kinder« alles machen mußten und nicht machen durften, war Frau Preisingers Lieblingsbeschäftigung. Sie hat wohl den ganzen Tag damit verbracht, Theorien über die richtige Erziehung der Kinder zu entwickeln. Außerdem mußte Meike abends immer sämtliche Länder und ihre Hauptstädte aufsagen.

Was für eine Ziege Frau Preisinger eigentlich war.

»Hör mal zu«, sage ich schließlich, »ich werde mit ihm reden. Und ich werde die Wahrheit rausbekommen, einverstanden?«

Lily atmet einmal laut ein und wieder aus.

»Einverstanden. Weißt du eigentlich, daß wir noch nie hier auf dem Boden zusammensaßen?«

»Dabei sind Böden eigentlich das gemütlichste an Luxuswohnungen.«

»Vor allem wenn so wunderbare Töchter draufsitzen.«

Sie lächelt, trotzdem hinterläßt eine Träne wie in Zeitlupe eine nasse Spur auf ihrer Wange. Ohne ihr Gesicht von mir abzuwenden, blickt sie mich an, macht mich unerschrocken zur Zeugin ihrer Verletzlichkeit.

Ich greife nach ihrer Hand.

»Ich bin für dich da, wenn du mich brauchst …«

Sie nickt. Lächelt.

»… aber untersteh dich, mir jemals wieder schwarze Lackschuhe zu kaufen, okay?«

Draußen ist es dunkel. Ich habe beschlossen, zu Fuß nach Hause zu laufen. Die frische Luft wird meinen Lungen bestimmt guttun.

Als ich an einem Gerüst vorbeikomme, muß ich an Chris denken. Mein Verrat an ihm. Unsichtbar und feige. Ich habe ihm nicht einmal einen Zettel hinterlassen. Ich weiß, wie taktvoll er ist und daß er nicht versuchen wird, mich zu finden.

In der Nacht träume ich von meinem Vater. Wir sind auf einem Boot inmitten eines Ozeans, und er hat diesen altertümlichen Taucheranzug an, in dem sein Gesicht hinter einer riesigen kupfernen Kugel nicht zu erkennen ist. Er will mich mit in den Ozean nehmen, aber ich habe Angst. Also gibt er mir seine Hand, und zusammen tauchen wir langsam unter. Als wir mehrere Meter unter Wasser sind, platzt auf einmal mein Sauerstofftank. Ich habe panische Angst und fange an, Wasser zu schlucken, da reißt mein Vater seine eigene Sauerstoffflasche weg und gibt sie mir. Ich nehme das Mundstück in meinen Mund, und langsam atme ich wieder Sauerstoff ein. Als ich wieder zu ihm hinsehe, ist er plötzlich nicht mehr da. Er ist verschwunden, weg. Er hat mir das Leben gerettet und seines dafür geopfert.

Als ich am nächsten Tag tränenüberströmt aufwache, liege ich immer noch auf der Couch und habe Kopfweh. Mein erster Gedanke gilt meinem Vater.

Am Tag nach dem Filmball hatte er mich angerufen.

»Hallo, mißratene Tochter, wie geht's?«

Kein Wort hatte er darüber verloren, daß er stolz auf mich war, daß ich es geschafft hatte. Das war von Anfang an so gewesen. Warum zum Teufel konnte er mir nie sagen, daß er stolz auf mich war?

19

In der Hotelhalle des »Sheraton« sitzt in einer Ecke ein Mann mit einer Zeitung. Als ich ein paar Meter näher komme, erkenne ich meinen Vater. Er hat einen schwarzen Pullover an und ist ziemlich unrasiert. Lauter kleine weiße Bartstoppeln auf dem Weg zu einem Santa-Claus-Bart.

»Hallo, Papa.«

»Hallo, mißratene Tochter . . . na, wie geht's?«

Die Melodie ist gleich geblieben, die Worte sind es auch. Trotzdem kann er mich nicht täuschen.

Seine Stimme ist nicht wie sonst. Rauh, übernächtigt. Vielleicht Alkohol.

Harald legt die Zeitung weg.

»Bitte setz dich doch, Candida.«

Das dunkle Leder des Hotelsessels knirscht zu meiner Begrüßung. Eine Zeitlang sagen wir nichts. Auf der Hose von meinem Vater sind Flecken. Er hat nie Flekken auf seinen Kleidern. Seine Anzüge sind immer tadellos, seine Hemden immer frisch gebügelt.

Ich bestelle einen Tee. Ceylon für mich, Salbei für meinen Vater, weil Salbei gut für die Stimme ist.

Mein Vater faßt sich an den Hals, räuspert sich.

»Du hast ja heute gar keinen Schal an«, sage ich.

Harald hat immer einen Schal an, besonders in den kühlen Morgenstunden. Dünne weiße Schals aus Seide, die er sich elegant um den Hals schlingt.

»Nein«, sagt er. »Heute nicht... Und wie geht es Vera?«

»Vera?«

Einen Moment lang glaubte ich wirklich, er spreche von einer wirklichen Person.

»Ach, Vera. ›Ein Fall für Vera‹ soll dreizehn neue Folgen bekommen, wenn es das ist, was du meinst.«

»Es freut mich, Candida, daß du so viel Erfolg hast.«

»Ach ja?« Ich lächle müde. »Erfolg ist nicht immer so angenehm, weißt du. Aber natürlich weißt du. Du mußt das doch schließlich am besten wissen.«

Ein paar Sekunden lang ist es still, dann spricht er langsam: »Ich wollte nie, daß du auch ins Showbusineß gehst, Candida. Einsame Stunden in Hotels, Leute, die dich verfolgen und glauben, ein Recht auf dich zu haben, und niemand, der es nachvollziehen kann, wie du dich fühlst. Nein, glaub mir, ich hätte mir wirklich etwas anderes für dich gewünscht.«

»Was...?« Ich blicke meinen Vater wie versteinert an. Ich kann nicht glauben, was er eben gesagt hat.

»Aber... ihr wart es doch, die immer...«

»Du wolltest immer Schauspielerin werden, Candida. Davon konnten weder deine Mutter noch ich dich abbringen.«

Ich habe auf einmal ein taubes Gefühl im Mund. Ich versuche, mich zu erinnern, versuche, mich als kleines Mädchen zu sehen. Natürlich wollte ich Schauspielerin werden, aber doch nur, weil es das einzige war, das in unsere Familie reingepaßt hätte. Doch nur, weil ich so sein wollte wie sie, doch nur, weil ich sie stolz machen wollte.

»Das ist nicht fair ...«, flüstere ich, aber insgeheim weiß ich genau, daß ich weder ihn noch meine Mutter für mein Leben verantwortlich machen kann. Als ich damals mit der Schauspielerei angefangen hatte, war ich schließlich alt genug gewesen, um selbst zu entscheiden, was ich mit meinem Leben anfangen sollte.

Trotzdem fühle ich mich, als hätte ich gerade einen Schlag ins Gesicht bekommen.

»Du bist für die ›Palme‹ nominiert worden, nicht wahr? Ingrid hat's erzählt.«

Ich kann sehen, daß er sich bemüht, fröhlich zu klingen.

»Ja, bin ich«, antworte ich etwas unwirsch. »Wann hast du Ingrid gesehen?«

Er schweigt, faßt sich wieder so seltsam an den Hals.

Dann wird alles klar. Der schwarze Porsche! Ingrids schwarzer Porsche ... Ich sinke in den Stuhl zurück.

»O bitte nicht ...«, murmle ich, aber ich weiß, daß es so ist.

Mein Vater betrügt meine Mutter. Mein Vater betrügt sie mit meiner Agentin.

»Hör mal, Candida, ich weiß nicht ... es geht schon viele Jahre ... eigentlich wollte ich es schon seit längerem beenden ...«

Ich schüttle den Kopf. Lily hat recht. Die Situation ist so schrecklich banal.

Als der Tee kommt, bricht er ab.

Ich werfe so vehement zwei Stück Zucker in die Tasse, daß etwas heißes Wasser auf meinen Handrücken spritzt.

»Scheiße«, zische ich.

Dann rühren wir beide konzentriert in unseren Tassen, als ob es etwas helfen würde.

»Verdammt noch mal, ich kann es einfach nicht glauben.«

Als ich klein war, lief ich ihm manchmal im Gang mit voller Wucht entgegen. Dann hob er mich hoch und wirbelte mich in der Luft herum. Ich vertraute diesen starken Armen, die mich nie fallen lassen würden.

»Du weißt doch, wie es ist, Candida. Dieser Beruf kann einen manchmal ganz schön einsam machen.«

Ich schüttle den Kopf. Sein Versuch, sich vor mir zu rechtfertigen, macht alles nur noch schlimmer.

»Ich kann es einfach nicht glauben«, wiederhole ich. Alle anderen Väter ... aber nicht meiner, nicht mein Vater.

Er hat Tränen in den Augen.

Ich kann ihm nicht in die Augen blicken. Wie sehr wünsche ich mir jetzt, daß mir all das erspart geblieben wäre. Ich wünsche mir, meine Mutter hätte mich nicht angerufen, ich wünsche mir, ich wäre nicht hierhergekommen, ich wünsche mir, alles wäre so, wie ich gedacht hätte, daß es ist.

»Ich glaube, ich gehe jetzt besser«, sage ich schließlich und stehe auf, ohne ihm noch einmal in die Augen zu sehen.

Nichts wie raus hier. Nichts wie nach Hause.

Zu Hause reiße ich als erstes Wüstencandida vom Spiegel. Es gibt keinen Grund mehr, mich von ihr tyrannisieren zu lassen.

Ich spüre mein Herz, das angefangen hat, schneller zu schlagen, und Wut, die sich langsam in meinem Bauch sammelt.

»Das darf doch nicht wahr sein«, schreie ich. »Das darf doch alles nicht wahr sein.«

Erschreckt und ermutigt vom Klang meiner Stimme, lege ich richtig los. Ich schreie, was das Zeug hält. Brülle die Wand an, schreie in die Luft und werfe vor Wut den Stuhl auf den Boden.

»Scheiße!« schreie ich. »Scheiße, Scheiße, Scheiße …«

Die Wut, die ich den ganzen Tag lang so tapfer unterdrückt habe, bricht jetzt aus wie ein wildes Tier aus seinem Käfig. Ich brülle so laut, bis ich keine Luft mehr bekomme. Dann breche ich zusammen.

Der Kopf fällt zuerst. Dann folgt mein Körper. Ich falle in das Bett, als wäre es ein Rettungsboot. Dann fange ich an zu weinen, erst leise und dann immer lauter. Ich heule, Rotz läuft aus meiner Nase, aus meinem Mund. Mein Schmerz, in Wasser gepackt, scheidet aus meinem Körper, meinem müden Körper, der seine Rechte einklagt, der nichts mehr darstellen will, sondern nur noch als Häufchen Rotz und Knochen hier auf dieser Couch liegen will.

20

Am nächsten Morgen klingelt das Telefon.

»Candida! Ich versuche schon den ganzen Morgen, dich zu erreichen.«

Sie redet und redet, ihre Worte klingen fremd, wie aus einem anderen Leben, an das ich mich erinnere, mit dem mich aber nichts mehr verbindet. Dann wird ihre Stimme auf einmal ein wenig leiser.

»Hallo, Candida ... ich wollte dich nur noch einmal daran erinnern, daß du in einer Stunde das Interview mit Fernelli hast, das wir ihm so lange schon versprochen hatten ...«

»Ich kann nicht glauben, daß du dich bei mir meldest«, unterbreche ich sie kühl.

Ich habe mit Ingrid noch kein einziges Mal über meinen Vater gesprochen. Aber vielleicht möchte ich das auch gar nicht.

»Keine Angst ... ich werde mich schon um Fernelli kümmern«, sage ich. »Aber ich kann *dich* im Moment nicht sprechen, Ingrid.«

Dann lege ich auf.

Ich muß an Chris denken und daran, wie gerne ich

jetzt in seinen Armen liegen würde. Der Gedanke an ihn ist wie das Übertreten eines Verbots.

Ich fahre mit dem Aufzug nach unten. Als ich vor meiner Tür stehe und absperren will, höre ich meinen Namen.

»Candida?«

Ich muß mich nicht umdrehen, um zu wissen, wer hinter mir steht. An diese Stimme würde ich mich mein ganzes Leben lang erinnern.

»Paul ...« flüstere ich fast tonlos.

Ich muß so schnell wie möglich weg hier. Ich muß mich umdrehen und weglaufen, mich umdrehen und ganz einfach weglaufen. Aber ich kann mich nicht bewegen. Ich stehe da, mit dem Schlüssel in meiner Hand, der immer noch darauf wartet, ins Schloß gesteckt zu werden.

»Hallo, Baby!«

Langsam drehe ich mich um.

Mit einem Koffer in der Hand steht er vor mir. Paul in seinem senffarbenen Hemd. Paul mit seiner Hornbrille und seinen dünnen Lippen.

Die Orangenprinzessin war wie versteinert. Der böse Magier stand mit seinem Zauberkoffer bei ihr im Zimmer und wollte sie holen. Er hatte einen dunklen Umhang an, und sie fürchtete sich vor ihm.

»Komm mit mir«, sagte er mit schokoladensüßer Stimme, die er sich für solche Momente immer aufhob. Sie wußte, wenn sie jetzt mit ihm gehen würde, wäre sie verloren.

»Ich könnte dich hier rausholen, Orangenprinzessin. Wir könnten gemeinsam durch den dunklen Wald gehen.«

Mit einem Schlag sind meine letzten sechsunddreißig

Monate ausgelöscht. Als sei meine Zeit ohne ihn nur ein Traum gewesen und mein Leben mit ihm die einzige Wahrheit.

Nein, nein! rebelliert es in mir, ich weiß, daß das nicht stimmt, ich habe eine Wohnung mit blauen Tassen, ich habe eine Hauptrolle in einer Fernsehserie, ich habe Liebhaber, so viele ich will ...

»Was ... suchst du hier, Paul?«

»Wie ich gehört habe, arbeitest du viel im Moment. Da habe ich mir gedacht, ich schau mal nach, wie es dir geht.«

Seine Stimme hat sich nicht verändert.

»Candy ... Candy ... Wie hart muß das alles bisher für dich gewesen sein. Ich frage mich wirklich, wie du bis jetzt mit dem ganzen Erfolg zurechtgekommen bist. Sag mir nicht, daß du nicht dringend einen Freund brauchst.«

Paul, der wie aus einem Märchenbuch wieder auftaucht. Er ruft mich, will mich in seinen Brunnen locken.

Ich weiß, wie es dort aussehen würde. Er würde mir Reis kochen, mit mir Liegestütze machen und eifersüchtig über mein Leben wachen. Ja, ich weiß genau, wie es dort aussehen würde: dunkel und klein, und leider auch wie ein verhaßtes Stück Zuhause.

Er kommt auf mich zu. Seine braunen Augen lächeln verführerisch sanft.

»Ich bin zu dir zurückgekommen Candy. Du und ich, wir hatten nie eine richtige Chance. Wenn wir es jetzt noch einmal miteinander versuchen, wird es klappen. Wir müssen uns nur festhalten und uns nie wieder loslassen.«

Einen Moment lang überlegte die Orangenprinzessin, wie es wohl sein würde, mit dem Magier die Burg zu verlassen. Aber irgend etwas störte sie an dem Magier. Irgend etwas machte ihr angst. Vielleicht waren es seine Augen, vage erinnerte sie sich daran, daß jemand sie einmal als »die kaltblütigen Augen eines Mörders« bezeichnet hatte. Sie wußte nicht, wer dies behauptet hatte, aber wer immer es auch gewesen war, er hatte recht gehabt. Diesen Augen konnte man nicht trauen.

Paul macht einen Schritt auf mich zu.

Ich will zurückweichen, aber mein Rücken klebt bereits an der gläsernen Eingangstür. Die einzige Möglichkeit wäre jetzt, daß sich mein Körper in Millionen von Molekülen auflöst, durch den Türspalt in das Haus gelangt und sich später in meiner Wohnung in aller Ruhe wieder zusammensetzt. Aber meine Chancen für diese Art von Flucht stehen schlecht, das weiß ich.

Ich sitze fest, kann nirgendwohin, bin gefangen, genauso wie ich es in meinen Träumen schon hundertmal vorhergesehen habe.

Ich halte den Schlüssel fest umklammert, ringe nach Luft. Auf einmal die schreckliche Gewißheit, er könnte es noch einmal versuchen. Mitten auf der Straße, mitten in der Stadt. Die absurde Vorstellung, er würde mich vor meiner eigenen Haustür erwürgen, und keiner käme mir zu Hilfe.

»Hilfe!« möchte ich schreien. »Bitte helft mir doch.«

Aber niemand ist in der Nähe. Ich bin allein.

»Candy ... ich will doch nur ...«

Ich schaue Paul mit aufgerissenen Augen an. Ich kann nicht nach vorne, ich kann nicht nach hinten, ich kann nirgendwohin. Ich kann ihn nur anschauen.

Wie schütter doch sein Haar geworden ist, schießt es mir auf einmal durch den Kopf. Er hat versucht, es so zur Seite zu kämmen, daß es nach mehr aussieht. Was für ein hoffnungsloser Versuch, denke ich, er würde niemanden damit täuschen können.

»Paul«, flüstere ich leise. »Du bist ja fast kahl.«

Er bleibt stehen. Er faßt sich an die Haare und schaut mich böse an.

»Was sagst du da?«

»Du bist kahl, Paul.«

Ich blicke ihn an, als ob ich ihn zum ersten Mal sehen würde. Er kneift seine Augen zusammen. Ich kann sehen, daß er seinen Atem kaum unter Kontrolle halten kann. Er ist kurz vorm Explodieren. Er hat seine Hände gehoben und macht noch einen Schritt auf mich zu. Da sehe ich auf einmal noch etwas, was ich noch nie vorher bemerkt hatte: Paul hat O-Beine. Ganz eindeutig: Seine Beine gehen unten so auseinander, als ob gerade noch ein Pferd dazwischengesteckt hätte. Ich stelle mir Paul als Cowboy ohne Pferd vor, verloren im Mittleren Westen, irgendwo in den Weiten von Wisconsin.

Was dann passiert, ist nichts, womit ich je gerechnet hätte.

Ganz sachte beginnt auf einmal in meinem Bauch sich etwas zu regen. Zuerst kitzelt es nur, und ich muß schmunzeln, aber dann wird das Kitzeln immer stärker. Es wird stärker und stärker, bis ich mich schließlich nicht mehr zurückhalten kann und es aus mir herausbirst. Wie aus einem Vulkan sprudelt mein Lachen aus mir heraus, als müßte es alles mit sich reißen, was sich ihm in den Weg stellt.

Ich lache nicht, ich schreie, ich brülle, brülle über Pauls Kopf hinweg, brülle über die Häuser und über die Parks. Ich brülle über alle Autos, über alle Balkons und durch alle Tapeten der Stadt hindurch. Nichts kann mich in meinem Höhenflug aufhalten und einen Moment lang glaube ich wirklich, mindestens hundert

Meter über der Erde frei in der Luft zu schweben. Mein Körper ist auf einmal so leicht, wie eine ins Nichts springende Zirkusartistin, kann mich fallen oder nach vorne purzeln lassen, egal, was ich tue, ich weiß, daß ich mich jedes Mal wieder fangen werde.

Als ich dann nach einer Weile langsam wieder auf den Boden zurückschwebe, weiß ich, daß mir unter diesem Himmel niemand etwas anhaben wird. Auch nicht Paul. Er ist kein böser Magier, nur ein fast kahler Mann mit einem Koffer in der Hand, der nicht weiß, wohin er gehen soll.

In diesem Moment weiß ich, daß ich ihm nicht mehr gehöre. Ich bin ihm schon seit langem entschwunden, ich wußte es nur nicht.

Wie hatte ich all diese Zeit nur solche panische Angst haben können?

Ich atme auf – zum ersten Mal seit Tagen, seit Jahren vielleicht.

Paul möchte noch etwas sagen, aber dann hält er inne. Er blickt mich an, als ob er mich nicht kennen würde. Dann hebt er seinen Koffer vom Boden auf, dreht sich um und geht. Ich weiß, daß er für immer aus meinem Leben geht.

Der Bann ist gebrochen.

21

Am nächsten Tag wartet Marco Fernelli im »Carducci« bereits seit einer halben Stunde auf mich. Er ist mit einem Fotografen gekommen, stolz zeigt er mir eine Narbe, die er am Kopf hat.

»Das waren Sie, Candida ...«

Ich entschuldige mich. So wie man sich für einen Verwandten entschuldigt, der etwas angestellt hat.

Der Fotograf will ein paar Aufnahmen machen. Weil nicht genug Licht vorhanden ist, holt er ein Stativ mit einem Minischeinwerfer heraus. Zeit für Kodak. Ich kann spüren, wie meine Muskeln sich anspannen. Er steckt das Licht an. Tausend Watt gebündeltes Licht. Dann passiert es. Ich spüre sofort, daß etwas nicht in Ordnung ist. Vielleicht ist es die Farbe meines Kostüms, aber genau weiß ich es nicht. Aber irgend etwas ist anders. Das Licht, das mich aufnehmen soll, sich an meiner Materialität festsaugen soll, prallt ab. Ich kann es einfach nicht halten. Weder mein Kostüm noch meine Augen, die das grelle Licht schmerzt.

Irgend etwas ist passiert. Was genau, weiß ich nicht,

aber ich weiß, daß sie verschwunden ist. Sie – meine Aura, und die Gewißheit, sie bei mir zu haben.

Die Meerjungfrau hat ihren Fischschwanz wieder.

Nach dem Interview gehe ich die Straßen entlang. Die Luft ist leicht und der Himmel sanft. Es ist immer noch Sommer, und ein sanfter Wind weht durch die Stadt. Ich habe ein wenig Angst, weil alles so anders sein wird, aber irgendwie fühle ich mich leicht dabei.

Zu Hause wartet bereits ein weiterer Anruf von Ingrid auf meinem Anrufbeantworter auf mich.

»Hör zu. Vielleicht war es nicht besonders taktvoll von mir, dich gleich mit Presseterminen überhäufen zu wollen. Ich weiß, daß das alles ein bißchen schwer für dich sein muß. Aber ich hoffe doch, daß wir weiterhin Geschäftspartner bleiben werden. Aus diesem Grund möchte ich, daß du die erste bist, die es erfährt. Du erinnerst dich doch noch an den Kinofilm ›Die Marathonläuferin‹, über den wir vor ein paar Wochen gesprochen haben? Also hör zu, nachdem sich die Produzenten von der ›Marathonläuferin‹ von dem Skandal erholt haben, sind auch sie mehr denn je an dir interessiert. Außerdem hat Rosenwald angerufen. ›Ein Fall für Vera‹ soll wieder aufgenommen werden. Das mit Vera kannst du dir ja noch überlegen. Die Goldene Palme ist auch schon in ein paar Tagen. Jedenfalls kannst du jetzt ganz groß einsteigen, Candida. Dies alles ist nur der Anfang. Das wollte ich dir nur sagen. Also, ruf mich an.«

Ich spule die Nachricht noch einmal zurück und höre sie mir an. Dann setze ich mich hin und schreibe Ingrid einen Brief.

Liebe Ingrid,

ich schreibe dir diesen Brief, um dir zu sagen, daß ich vorübergehend mit der Schauspielerei aufhören werde. Die Gründe hierfür aufzuzählen fällt mir schwer. Vielleicht weil ich die genauen Gründe selber nicht ganz begreife. Du hast gesagt, ich könnte mein bisheriges Leben ab sofort wieder aufnehmen, aber wenn es eines gibt, was ich weiß, dann ist es, daß mein Leben nie wieder so sein wird wie bisher. Irgendwie werde ich dieses dumme Gefühl nicht los, daß mir während der vielen Aufnahmen, die im Laufe der Zeit von mir gemacht wurden, etwas verlorengegangen ist. Was das genau war, weiß ich selbst nicht, aber ich bin entschlossen, es herauszufinden. Ich habe ja Zeit. Zum ersten Mal wieder seit langer Zeit. Ich habe Vera geliebt, aber ich weiß, auch sie wird mir bei meiner Suche nicht helfen können. Wie lange das alles dauern wird, weiß ich nicht. Vielleicht ein paar Monate, vielleicht aber auch länger. Was das mit meinem Vater und dir betrifft, so lerne ich, es allmählich zu akzeptieren. Vielleicht wird es irgendwann einmal eine Zeit geben, in der wir über ihn sprechen werden. Bis dahin alles Gute,

Candida.

Ich hatte diesen Brief nicht geplant. Aber jetzt, wo er vor mir liegt, weiß ich, daß es genau das Richtige ist. Der Gedanke daran, wieder vor der Kamera oder im Rampenlicht zu stehen, erscheint mir auf einmal so fremd und so weit weg wie ein kalter weißer Planet Millionen Lichtjahre von hier entfernt.

Anschließend gehe ich zur Post und schicke den Brief an Ingrid ab.

Zum Lunch bin ich bei Josephine eingeladen. Wir sitzen im halbverdunkelten Wohnzimmer und trinken eine Tasse heißes Wasser für eine straffe Haut, essen ein paar Pecannüsse gegen Brustkrebs und schlucken zwei Vitamin-E-Pillen gegen Augenfalten.

»Es wird alles gut werden, das weiß ich«, sagt sie.

Dann fügt sie mit Verschwörerstimme hinzu: »Ich habe mir heute in der Zeitung dein Horoskop angeschaut, Candida. Ich kann dir sagen, alles wird gut. Es war ein hartes Jahr für dich, aber der Einfluß der Sterne ist gut. Außerdem gibt es da einen Mann ...«

»Ach, Josephine, du weißt doch, daß ich an so etwas nicht glaube.«

»Ich sage dir nur, was ich gelesen habe ... Was ist eigentlich mit deinem verrückten Künstlerfreund geworden?«

»Was?« Beinahe hätte ich mich an den Vitaminen verschluckt.

»Na, du weißt doch, der Typ, mit dem du damals durch die Stadt gesegelt bist.«

»Das habe ich dir erzählt ...?«

»Ja ... und noch mehr ...«

Ich werde rot.

»Du hast ihn wohl wie die anderen aus deinem Leben katapultiert, wie?«

Ich sage nichts. Greife nach einer anderen Pecannuß, die ich nicht aufbekomme.

»Warum rufst du ihn denn nicht wieder an?«

»Ihn anrufen? Nein ... das ... das kann ich nicht.«

»Warum denn nicht?«

Ich möchte etwas antworten, aber ich weiß nicht, was.

Chris. Seine bernsteinfarbenen Augen, die mich damals in dieser Bar angelächelt hatten. Ich denke an das Bild, auf dem er mit der Trompete in der Hand hoffnungsvoll in den Himmel gefahren war, und daran, wie ich mich an jenem Morgen davongeschlichen hatte. Seine Sanftheit hatte mich blutrünstig gemacht. Seine

Zärtlichkeit hatte ich nicht ertragen können, obwohl es alles war, wonach ich mich sehnte.

»Weil es eben nicht geht. Deshalb!«

Josephine rümpft ein wenig verächtlich die Nase. Anscheinend hat ihr diese Antwort nicht gepaßt, aber dafür kann ich nichts. Mir gefällt sie ja genausowenig. Dann schenkt mir Josephine einen ihrer Lacroix-Hüte.

»Als Glücksbringer, okay?«

»Okay«, antworte ich leise. »Ich danke dir.«

Akt 4

22

Zum Abendessen bin ich bei Magnus eingeladen. Seit ein paar Wochen lebt er nun mit Yin, der Japanerin aus New York, zusammen. Er hat seine Therapie abgebrochen, ein Drehbuch verkauft und ist gerade dabei, sich ein Haus auf dem Land anzuschaffen.

Wir trinken ein bißchen Sake und essen Sushi mit Lachs und Thunfisch, während Yin uns dabei aus ihren Mandelaugen anlächelt.

Es macht Spaß, die beiden miteinander zu sehen.

Magnus hat sich ziemlich verändert, seit er mit Yin zusammen ist. Seine Wohnung ist endlich dekoriert worden, seine Haare sind gekämmt, ja sogar seine Zähne scheinen gerader zu sein. Und vor allem scheint er glücklich.

»Weißt du, daß ich mich wirklich für dich freue?« sage ich, als Yin kurz aus dem Zimmer gegangen ist. »Insbesondere natürlich, weil ich jetzt endlich nicht mehr jedes Mal Mozzarella mit Tomaten essen muß, wenn wir uns sehen.«

Magnus lacht, und ich verziehe meinen Mund zu einem Grinsen. Es tut gut, Magnus zu sehen. Die Anwesenheit anderer Menschen beruhigt mich. Ich tauche in sein und Yins Leben ein, stelle mir ein paar kostbare Augenblicke lang vor, wie es wäre, ihr Leben zu haben.

»Und du willst tatsächlich die Schauspielerei aufgeben?«

»Ja, im Moment sieht es zumindest so aus.«

»Und was wirst du tun?«

»Wer weiß, vielleicht schreibe ich auch ein Buch oder arbeite als Fensterputzer an einem dieser Hochhäuser.«

»Du meinst, in diesen kleinen Kabinen, bei denen im Kino immer das Seil reißt?«

»Ja, genau die!«

Wir lachen. Es tut so gut zu lachen. Dann stelle ich ihm die Frage, wegen der ich eigentlich hergekommen bin.

»Hör mal, Magnus, ich wollte dich noch etwas fragen ...«

»Schieß los.«

»Okay, also ... angenommen, du schreibst einen Film, ja? Nehmen wir weiter an, die Protagonistin ist eine etwas neurotische junge Frau, die Angst vor Beziehungen hat. So hangelt sie sich von Affäre zu Affäre, doch keiner kann ihr nahe kommen, denn sie hat sich eine Burg gebaut, zu der alle Zugänge barrikadiert sind. Eines Tages trifft sie – wie könnte es anders sein – einen hübschen jungen Mann, der nicht wie alle anderen ist. Vielleicht ist er Künstler, Maler zum Beispiel ... auf jeden Fall ist er sensibel, zärtlich ... na ja, du weißt schon ... Aber wie es das Drehbuch will, läßt sie auch ihn nicht in ihre Burg und flüchtet vor ihm. Und jetzt frage ich mich, wie die Auflösung der ganzen Geschichte sein soll.«

»Du willst meinen Rat?«

»Ja, so könnte man es sagen ... als professioneller Drehbuchschreiber natürlich.«

Magnus nimmt einen Schluck von seinem Cappuccino.

»Nun ja, meine Liebe ... das hängt natürlich ganz davon ab.«

»Wovon ...?«

»Na, davon natürlich, ob deine Geschichte als Melodram oder als Komödie enden soll.«

»Wie wären denn die jeweiligen Angebote?«

»In einem Melodram wäre es zu spät für eine Versöhnung. Er würde sterben, unheilbar krank sein – das macht sich immer gut in Melodramen – oder hätte zumindest eine Neue kennengelernt. Aber ich weiß nicht, ob das so ein publikumsfreundliches Ende wäre ...«

»Also, was schlägst du dann vor?«

»Wie wäre es mit einer dramatischen Wiederbegegnung der beiden? Die Heldin rennt in seine Wohnung, wirft sich in seine Arme, er fängt sie auf, ein Close-up, Musik setzt ein, der Abspann beginnt ...«

»Einfach so?«

»Warum nicht? So sind Komödien schließlich.«

»Danke, Magnus. Ich küsse dich dafür.«

Auf der Straße werfe ich noch einen Blick in den Handspiegel.

Der schwarze Pullover, den ich anhabe, steht mir nicht besonders, finde ich, aber das läßt sich ändern. Was sich nicht ändert, ist die Zeit, die heimlich ihre Spuren in meinem Gesicht hinterläßt. Ich lese eine neue Falte. Sie ist direkt unter meinem rechten Auge. Ich bin älter geworden. Das Gesicht der Schauspielerin Candida, das auf den vielen Kodak-Negativen als helldunkles Phantom herumgeisterte, würde nie Falten bekommen. Es würde immer gleich bleiben, aber dafür auch nicht leben.

Ich hingegen schon.

Die *Just-you*-Poster, die noch irgendwo in der Stadt herumgeistern, kommen mir vor wie abgetrennte Körperteile, die mir schon seit langem nicht mehr gehören, aber die heimlich begonnen haben, an meinem eigenen Körper wieder nachzuwachsen. Irgendwann, während ich schlief, wahrscheinlich.

Jedenfalls beschließe ich, meine Falte ab jetzt mit Würde zu tragen. Die und alle anderen, die nach ihr kommen würden.

Dann renne ich los.

Als ich zu Chris' Wohnung komme, bin ich außer Atem. Die Tür steht offen, und so trete ich ein. Es ist dunkel. Die Vorhänge sind zugezogen, und die wenigen Sonnenstrahlen, die von den Jalousien durchgelassen werden, fallen auf kleine Staubwölkchen, die langsam dem Licht entgegenwirbeln.

»Chris?« rufe ich. Keine Antwort.

»Chris?« versuche ich es noch einmal. Irgendwie scheint die Wohnung verlassen. Was ist, wenn er abgereist ist? Zurück nach Neuseeland, zurück nach irgendwo? Sein Körper auf einmal so schmerzhaft fern, als ob ich mich erst jetzt an ihn erinnern würde. In meiner Brust zieht sich alles zusammen. Ich will kein Melodram. Ich habe Melodramen satt, verdammt noch mal.

Dann renne ich aus der Wohnung. Geradewegs ins »Cosmo«.

Die Bar ist leer, und an den Tischen ist er auch nicht. Er ist weg. Ich fühle, wie alles um mich ein paar Meter tiefer in den Boden sinkt. Ich schließe die Augen, schikke eine leise Bitte an die Orangenprinzessin.

Als ich die Augen wieder öffne, steht er vor mir.

»Chris ...«, sage ich, möchte es am liebsten herausschreien.

»Hey, *sweetheart*, was machst du denn hier?«

Sein *sweetheart*, das in mich fällt wie in einen See und warme beruhigende Wellen verbreitet.

»Ich ... ich ... ich war nur gerade in der Gegend ...«

Meine Stimme, zittrig wie nach einem Hürdenlauf.

»Ist alles in Ordnung?«

»Ja ... alles in Ordnung.«

»Du hast Glück, mich noch zu erwischen. Ich reise nämlich ab.«

»Du ... reist ab?«

»Ja, neue Länder, neue Hochhäuser, du weißt schon ...«

Er lächelt. Ich muß mich entscheiden. Jetzt oder nie.

Noch einmal konnte die Orangenprinzessin hören, wie es draußen vor ihrem Fenster raschelte. Der Prinz war immer noch da. Er würde sich nicht mehr lange halten können, aber jetzt war es noch Zeit. Möglich war's natürlich, daß er nicht der Richtige war, aber wie würde sie es je herausfinden können, wenn sie ihm nicht eine Chance gab? Irgendwo schrie der Uhu aus seinem dunklen Wald, in dem es immer Nacht war und in dem sich schon so viele Prinzen verirrt hatten.

»Also gut«, sagte die Orangenprinzessin, als sie dem Prinzen die Hand reichte. »Aber wehe, Sie züchten heimlich westafrikanische Migrationsvögel.«

»Chris ... was ... was wäre, wenn ich dich bitten würde zu bleiben?«

Chris schaut mich an.

»Tust du es denn?«

»Ja. Ich bitte dich ... bleib!«

»Du bist schon ein seltsamer Tiger, weißt du das.«

Seine bernsteinfarbenen Augen ruhen still auf mir. Eine Zeitlang stehen wir uns gegenüber, ohne etwas zu sagen.

»Chris ... es gibt da diese Geschichte, ein Märchen, das ich immer gespielt habe, als ich klein war, es hat mich ziemlich lang begleitet, und ich denke, daß du es kennen solltest, damit du mich besser verstehst. Das Märchen ging immer gleich aus, am Schluß ...«

»Sch ... sch ...«, flüstert er, legt seinen Zeigefinger auf meinen Mund und nimmt mich in seine Arme, die keine Fragen stellen.

Romane international
erfolgreicher Autorinnen –
originelle Geschichten witzig